KB020577

南宮
匠人

남궁
장인

10

ORIENTAL FANTASY STORY & ADVENTURE

신현재 신무협 장편소설

dream
books
드림북스

남궁장인 10

초판 1쇄 인쇄 2017년 3월 16일
초판 1쇄 발행 2017년 3월 27일

지은이 신현재
발행인 오영배
기획 박성인
책임편집 편집부
제작 조하늬

펴낸곳 (주)삼양출판사 · 드림북스
주소 서울시 강북구 도봉로 173
대표 전화 02-980-2112 **팩스** 02-983-0660
편집부 전화 02-980-2116 **팩스** 02-983-8201
블로그 blog.naver.com/dreambookss
출판등록 1999년 3월 11일 제9-00046호

ISBN 979-11-283-9107-1 (04810) / 979-11-313-0600-0 (세트)

드림북스는 (주)삼양출판사의 판타지 · 무협 문학 브랜드입니다.

남궁
장인

南宮
匠人

ORIENTAL FANTASY STORY & ADVENTURE

신현재 신무협 장편소설

10

dream
books
드림북스

목 차

南宫匠人

第一章
양수겸장(兩手兼將)

　남궁혁이 그 소식을 들은 건 무림맹 수뇌부 대회의에서
였다.

　무림맹의 정보원이 문을 벌컥 열고는 허겁지겁 뛰어 들
어왔고, 모두의 시선이 그에게 쏠렸을 때, 남궁혁에겐 익숙
한 전음이 들려왔다.

　『소가주.』

　『무영?』

　남궁혁은 눈을 동그랗게 떴다.

　무영이 떠난 지 이틀도 채 되지 않았다.

　보통은 삼사 일 간격으로 무영, 그리고 무영살문의 다른 정보원이 오며가며 각지의 소식을 전해 주곤 했다.

그런데 무영이 떠난 지 이틀, 즉 이십사 시진도 채우지 않고 돌아온 것이다.

무림맹의 정보원은 그렇게 뛰어 들어와선 숨이 넘어갈 것처럼 헉헉거렸다.

뭔가 말을 하고 싶어 하는데 입이 말라붙었는지 그의 목에선 갈라지는 소리만 났다.

내공을 다 쓰고도 모자라 온 육체의 힘을 다 소진할 때까지 뛰어온 것처럼 보였다.

소림과 무당의 장로들이 서둘러 그의 혈을 가볍게 주무르는 사이, 무영이 급하게 달려와야만 했던 소식을 전했다.

『마교가 남궁장인가를 공격했습니다.』

순간 남궁혁은 자리에서 벌떡 일어났다.

모두가 놀라 남궁혁을 바라보았지만, 겨우 기운을 차린 정보원의 입에서 나온 말이 그들의 집중을 다시 끌어들였다.

"섬서…… 북쪽에 마교의 정예, 삼백여 명입니다!"

이제는 남궁혁을 비롯한 모두가 놀랄 차례였다. 물론 남궁혁만큼 놀랄 사람은 없겠지만.

『초절정의 마교 무사 이백이 세가 주변을 포위했고, 백여 명이 그 뒤에서 대기하고 있습니다. 세 명의 화경 고수가 이들을 이끌고 있습니다.』

"남궁장인가가 이들을 막아 내고 있지만 역부족일 것 같습니다! 오면서 남궁세가의 별동대와 화산, 그리고 종남에 지원을 부탁드렸습니다만, 맹에서도 사람을 보내 주셔야 할 거 같습니다."

원래 무영의 정보는 무림맹보다 빨랐지만, 흑마적이 들끓고 무림맹도 모든 촉각을 마교의 동태에 기울이자 속도에는 그렇게 차이가 나지 않았다.

"대체 왜 섬서 북쪽을? 분명 다른 경로가 더 유리할 텐데……"

제갈민이 얼떨떨한 얼굴로 중얼거렸다.

마교의 침입이 가속화된 이후, 흑마적에서부터 이번 침입까지 제갈민의 예상을 벗어나는 일이 너무나 많았다.

섬서 북쪽으로 오는 길은 불리하다.

남궁장인가가 버티고 있고, 그 아래에 화산과 종남이 있다. 소림과 공동파도 멀지 않다.

남궁장인가가 없던 시절이라면 대문파 사이사이의 샛길을 통해 각개격파를 시도할 수 있었겠지만, 지금은 아니다.

남궁장인가가 조금만 버틴다면 곧바로 지원 부대가 날아올 수 있는 곳이라 제갈민도 그 방향은 전혀 생각하지 않고 있었다.

제갈화영도 마찬가지였다. 그녀는 제갈민과 같은 방략을

말해 주면서, 남궁혁에게 안심하고 무림맹으로 가라고 말했다.

그 남궁장인가를 마교의 정예가 포위하고 있다…….

남궁혁은 눈앞이 아찔했다.

이전 삶의 악몽이 떠오르는 것 같았다.

그가 소중하게 여기는 사람들이 마교의 칼날 아래 참살당하는 모습이 눈앞에 스쳐 지나갔다.

사내와 여인과 노인과 아이를 가리지 않고 겁탈과 도륙을 일삼는 무리, 그리고 속절없이 쓰러지는 사람들, 아버지와 어머니, 그리고 민도영…….

순간 귓가에 민도영의 비명 소리가 들린 것 같았다.

"제가 가겠습니다."

남궁혁이 자리에서 일어난 채로 남궁현암을 바라보았다.

마교가 섬서 북쪽을 침입했다는 말을 들었을 때 이미 모두가 예상한 바였다.

남궁혁의 얼굴은 뭐라 표현하기 기묘했다.

살기가 어린 것도 같았고 두려움에 가득 찬 것 같기도 했다.

남궁혁은 장인이지만 동시에 굉장한 실력을 지닌 무인이기도 했다.

자신의 세가가 침입을 당했다는 데 당연히 그가 나서야

했다.

"앉으시오, 병기당주. 안 되오."

"그게 무슨 말씀이십니까. 당연히 제가 가야지요!"

남궁현암이 그를 제지하자 다들 어리둥절한 얼굴이 됐
다.

남궁혁은 버럭 화를 냈다. 사실 그의 허락 같은 건 필요
없었다.

그냥 이 자리에서 병기당주 자리를 내려놓고 당장 무영
과 함께 달려가면 될 일이었다.

마음은 이미 섬서에 가 있었다. 그런 남궁혁에게 남궁현
암이 일갈을 내뱉었다.

"진정하시오. 맹의 보급망 전체를 무너뜨릴 셈이오?"

"하지만……!"

"병기당주. 침착하십시오. 이미 화산과 종남, 그리고 남
궁세가의 별동대에게 연락이 갔다고 하지 않았습니까. 병기
당주가 단신으로 달려가는 것보다 그들이 더 빠를 겁니다."

제갈민이 남궁혁을 진정시키는 데 동참했다. 숨이 멎을
듯이 달려왔던 정보원도 말을 거들었다.

"맞습니다. 빙검화께서는 제 말이 끝나기도 전에 남궁장
인가로 달려가셨고, 화산과 종남에서도 곧바로 백여 명 씩
무인들을 차출하셨습니다. 화산은 천허도인께서 나서셨고,

종남은 질풍참 대협이 출발하셨습니다."

"빙검화…… 옥 누님께서……."

남궁장인가 근처에 있던 남궁세가의 별동대는 남궁옥이 이끄는 부대였던 모양이었다.

게다가 화산의 천허도인은 남궁혁도 알고 있는 현경의 고수였다. 거듭된 설득에 머리에 피가 몰렸던 남궁혁이 다소 진정했다.

남궁현암은 그를 보며 질책하듯 내뱉었다.

"지금 병기당은 그대가 원하던 대로 체계를 갖췄고, 천무십이대 또한 병기당의 보급에 맞춰 움직이고 있소. 그대가 남궁장인가 하나를 위해 움직이면 무림맹의 전선이 무너질 수도 있지. 부디 전황을 크게 봐 주길 바라오."

"……알겠습니다. 죄송합니다."

"죄송할 건 없소. 계속하지."

남궁현암은 남궁혁을 진정시킨 후 다른 주제로 넘어갔다.

남궁혁은 자리에 털썩 앉았다.

그들의 말에 틀린 건 하나도 없었다.

사실 남궁혁 하나가 간다고 얼마나 도움이 되겠는가.

무림맹에 있는 천무십이대 제 일 대를 데리고 간다고 해도, 그들이 도착할 때면 이미 늦었을 가능성이 높았다.

"흑마적들은 어떻게 되고 있습니까, 군사?"

남궁현암이 화제를 돌렸다. 섬서 침입에 당황했던 제갈민이 이번에는 입가에 은근한 미소를 띠우며 답했다.

"성공적으로 처리되어 가고 있습니다. 근본이 무인이 아니라 그런지, 처음에는 기세 좋게 덤벼들던 이들이 이제는 조금만 패퇴의 기운이 보여도 흩어지기 일쑤입니다. 숫자는 여전히 십오만 안팎을 유지하고 있지만, 지금의 추세대로라면 곧 와해되어 버릴 겁니다."

처음에 이십 만이라는 숫자에 움찔했던 것도 잠시.

정도 무림은 무림맹의 지시에 따라 흑마적을 착착 정리해 나가고 있었다.

흑마적과의 싸움은 싸움의 본질이 힘보다는 사람에 있다는 것을 잘 보여 주고 있었다.

힘 대 힘으로 부딪치자면 분명 정도 무림이 열세였다.

몇 몇 뛰어난 고수가 균형을 잡고 있었지만 그것만으로는 이기기 힘들었다.

마교의 본대를 의식해 힘을 아껴야 한다는 불리한 점도 있었다.

하지만 무기를 들고 싸우는 것은 무기를 쥔 사람이다.

정도를 걷는다고는 해도 무림인이라면 누구나 검에 피를 묻히며 살아왔다.

아니, 정확히 말하자면 정도 무림이란, 사람을 죽이는 데 거부감이 있을지언정, '명분'이 주어진다면 살인에 거부감이 없는 이들의 집단을 뜻하는 거나 마찬가지다.

날붙이와 피로 의와 협을 실현하려는 것이 정도의 이상이니까.

그리고 정도 무림의 눈앞에 있는 적은 지난 정마전쟁에서 수없이 많은 정파인의 피를 뿌리고, 최근에는 가족과 형제, 그리고 믿었던 이들의 거죽을 쓰고 자신들을 유린한 마교와 한 패였다.

그들의 검에는 사정이 없었다.

죽음의 무게가 쌓여 가는 것을 버티지 못한 것은 흑마적들 쪽이었다.

그들은 본디 밭을 갈거나 상행을 하는 등, 먹고사는 데 문제만 없다면 평탄한 여생을 보낼 이들이었다.

아무리 마기가 그들의 심성을 물들였다고 한들, 짧은 시간 내에 인간으로서의 도리를 전부 털어 낼 수 있는 이들은 몇 되지 않았다.

덕분에 상당수가 흩어졌고, 제갈민의 전략은 톡톡히 효과를 보는 중이었다.

"그래도 여전히 숫자가 많소. 마교의 주력 부대가 출현한 시점이니 우리는 전력을 아껴야 하오. 황실에서는 아직도 소식이 없는 겁니까?"

남궁현암이 물었다. 질문의 대상은 황실과의 끈을 담당하고 있는 팽가의 사람이었다.

"황제 폐하께 소식이 올라간 것은 확실합니다만, 지금 그쪽도 워낙 혼란스러운 상황이라서……."

그가 말끝을 흐린 이유를 남궁혁은 잘 알았다.

나태영이 보내 준 소식으로는, 마교가 황제 암살을 시도한 이후 기다렸다는 듯 황실 내부에 정쟁이 일어났다고 한다.

호시탐탐 기회를 노리던 황제의 동생이 반란을 일으킬 조짐을 보이고 있다던가.

때문에 황실 내부에서도 혼잡함이 말이 아닌 모양이었다.

게다가 황제와 황제의 동생이 정쟁을 벌이니 각 지방에서는 어느 쪽에 줄을 댈까 고민을 하는 모양이고, 언제 황위 쟁탈전이 일어날지 모르는 상황이라 다들 흑마적 소탕에는 소홀한 분위기였다.

마을을 습격한다면 관병들도 좀 막아 보려고 할 텐데, 지금 흑마적들은 무림과 관련된 곳만 공격하고 있다 보니, 큰 대문파가 있는 도시가 아니고서야 문제를 미뤄 놓는 느낌이랄까.

하긴, 다들 절정 급의 마기를 뿜는 흑마적을 평범한 관병이 어떻게 상대하겠냐마는.

그저 기존에 있는 빈민들이 흑마적으로 합류하지 않게 막아 주는 것만 해도 어디냐 싶은 정도였다.

"관의 협조는 기대하기 어렵겠군."

"그냥 지금처럼 계속 흑마적들을 소탕해 나가면서, 마교가 그들을 이용하지 못하게 하는 쪽이 옳은 것 같습니다. 다만 문제가 있다면, 그들의 처우입니다."

"처우?"

"죽은 자들이야 그렇다 치고, 산 자들이 문제입니다. 당장은 맹의 감옥이나 관의 감옥을 빌려서 수용하고 있는데 그 숫자가 너무 많아서……."

제갈민이 말끝을 흐렸다.

"제갈 군사께서는 별걸 걱정하시는구려. 아군에게 칼을 든 적을 가두지 못해 걱정이라니."

천산기갑마대의 황보명원이 별걸 다 걱정한다며 그에게 핀잔을 주었다.

여전히 맹 내에서의 입지를 다지는 걸 포기하지 않은 모습이었다.

"아무리 애초에 농민이었다고 한들, 놈들은 마인이요. 마교의 교리를 배웠고, 마공을 배웠고, 우리에게 칼끝을 들이

대는 놈들! 그놈들에게 무슨 자비를 베풀어 감옥에 가두고 밥까지 준단 말이오?"

황보명원의 말에 몇 명이 주먹으로 탁자를 툭툭 쳤다. 동의의 표시였다. 그 수는 생각보다 많았다.

자비를 베푼다고 해도 그 정도가 있다. 흑마적은 너무 많았고, 충분히 위협적이었다.

"그리 쉽게 생각할 일이 아닙니다, 천산기갑대주. 그들이 마인이고 우리가 정도 무림이라고 해도, 그들의 숫자가 그렇게 많으면 무림의 일로 비약할 수만은 없습니다. 그렇게 수만의 목숨을 거두었다간 훗날 황실에서 이를 걸고넘어질 수 있습니다. 우리가 아무리 황실과 불가침에 있다고 해도, 관의 입장에서는 달갑잖은 존재인 것도 사실이지 않습니까."

제갈민의 주장도 옳았다.

기본적으로 흑마적 또한 황제의 백성이다.

황제가 무림맹에게 그들을 처단하라고 명을 내려 준 것이 아닌 이상 한둘도 아니고 십만이 넘어가는 숫자를 함부로 벨 수는 없었다.

지금까지야 정도 무림이 지방의 관과 쌓아 온 신뢰와 협조의 역사 때문에 어물어물 넘어가고 있었지만, 장기화될수록 이 부분은 조심스럽게 접근해야 했다.

"저도 총군사의 말이 맞다고 생각합니다."

다들 의외라는 눈으로 발언자를 돌아보았다. 아까 남궁현암에게 호된 질책을 받고 앉아 있던 남궁혁에게서 나온 말이었다.

"그게 무슨 소립니까, 병기당주. 아아, 역시 대장장이여서 무인의 들끓는 피는 이해하지 못하시는 건가?"

황보명원의 무례한 말에 몇 명이 실소를 흘렸다.

남궁혁을 고깝게 보는 이들이 아직도 있다는 뜻이었다.

남궁혁은 신경 쓰지 않았다.

보급을 담당하는 이들을 하찮게 보는 무림인들은 이전 삶부터 지겹도록 보았다.

황보명원이 지금 남궁혁을 은근히 도발해 자신이 더 발언할 상황을 만들고 있다는 사실도 알고 있었다.

하지만 그런 수작에 맞장구를 쳐 줄 기분은 아니었다.

"그들을 베면 이십만이 삼십 만, 삼십만이 백만이 될 지도 모릅니다."

남궁혁은 황보명원을 무시하고 말을 이었다.

황보명원의 얼굴이 똥 씹은 표정이 된 건 당연했지만, 나머지의 얼굴도 그리 다르진 않았다.

이미 이십오만이 이십만으로 줄었는데, 갑자기 삼십 만, 백만이라니.

"자세히 설명을 부탁드립니다, 병기당주."

제갈민마저 영문을 모르겠다는 듯 설명을 요청하고 나섰다.

"그들이 왜 흑마적이 됐는지를 생각해 봐야 합니다."

남궁혁은 숨을 고르고 차분히 말을 시작했다.

이에 관해서 팽천룡, 은태림에게는 얘기한 적이 있었다. 남궁장인가에도 지시를 보내 놓았다.

하지만 수뇌부 회의에서는 말을 꺼낼 수 있는 경우가 별로 없었다.

아무리 병기당주 자리를 맡았고, 천무십이대의 지휘권을 얻었다지만 아직까지 남궁혁이 보급 전략 이외의 분야에서 발언하는 건 쉽지 않은 분위기였으니까.

그러니 이번 기회에 제대로 자신의 가설을 주장해야 했다.

"그들은 배고픈 빈민이었습니다. 마교가 그들에게 교리를 가르치고 마공을 가르칠 때는 반드시 밥을 제공했습니다. 말하자면, 지금 그들은 배가 고파서 폭도가 된 이들입니다. 그리고 흑마적이 된 이들 외에도 아직 수십, 수백만의 백성들이 굶주리고 있는 게 현실입니다."

남궁혁은 잠시 숨을 골랐다. 그리고 계속 말을 이어 나갔다.

"지금 도처의 빈민들은 계속해서 흑마적에 대한 얘기를 듣고 있습니다. 조사해 보니 흑마적들이 무림문파를 털어 얻어 낸 재물과 식량을 주변 빈민들에게 나누어 주고 있더군요. 그들이 다시 교리와 마공을 익히고, 줄어든 숫자만큼 순식간에 보충이 되고 있는 상황인 겁니다. 이 상황에서 갑자기 흑마적들을 쓸어버리기 시작한다면, 빈민들은 위기감을 느낄 겁니다. 밥을 얻어먹긴 하되 마공을 익히는 건 꺼림칙해하던 사람들조차 말입니다."

남궁혁은 그렇게 말하며 탁자를 둘러싼 무림맹 수뇌부를 한 바퀴 돌아보았다.

이들에게는 크게 와 닿지 않는 얘기일 것이다.

이 자리에 있는 이들은 전부 구파일방과 사대세가, 그리고 중소문파 중에서도 부유하거나 나름의 힘이 있는 곳들에서 자란 사람들이다.

폐관 수련을 위해 벽곡단을 먹는 경우도 있다고는 하지만, 기본적으로 먹고 입고 자는 것이 불가능한 상황에 처해 본 일이 없다.

하지만 남궁혁은 그들을 이해했다.

현재의 삶에선 그렇게까지 굶주려 본 적이 없지만, 이전 삶에서는 흔하게 있었던 일이다.

그랬기에 남궁혁은 그들의 입장에서 생각할 수 있었다.

"그들을 포로로 가두고 먹이고 입혀야 합니다. 소문이 퍼지면 흑마적은 그 독기를 잃어버릴 거고, 싸우다가도 쉽게 투항하게 될 겁니다. 그러면 마교는 흑마적을 움직이는 원동력을 잃어버립니다. 무림맹 각 지부의 곳간을 열어 추가적으로 흑마적에 가담하는 이들을 막고, 혹여 도망친 흑마적들이 마공을 이용해 백성을 수탈하지 못하도록 신경 써줘야 합니다. 그렇지 않으면 빈민들의 원망은 흑마적을 상대하는 정도 무림을 향할 거고, 자칫 잘못하면 이는 끊을 수 없는 고리가 되어 계속 흑마적을 만드는 원인이 될 겁니다."

남궁혁의 말이 끝났지만 모두들 말이 없었다.

누군가는 남궁혁의 말을 깊게 곱씹어 보는 것 같았고, 또 누군가는 남궁혁의 말 한 마디 한 마디를 고깝게 들은 모양이었다.

천산기갑대주 황보명원은 후자에 가까웠다.

"병기당주는 무림맹이 빈민이나 구제하는 곳으로 보입니까?"

"아니요. 개개인이나 한두 개의 문파로는 이룰 수 없는 더 큰 의와 협을 만들어 나가는 곳이 바로 무림맹이라고 생각합니다."

"순진하군."

황보명원의 말은 아주 작았지만, 이 자리에 있는 모두가 그 말을 들을 수 있었다.

안면 근육 하나쯤 씰룩일 법도 한데, 남궁혁은 안색 하나 바꾸지 않고 대꾸했다.

"그러는 천산기갑대주께서는 무림맹이 문파간의 득실을 따지고, 각기 알력 다툼이나 하기 위해 만들어진 곳이라 여기십니까?"

"……그건 아니외다."

속으로는 그렇게 생각할지라도 대놓고 그런 말을 할 수는 없었다.

남궁혁은 황보명원이 정말 마음에 들지 않았다.

천산기갑대가 흑마적을 상대함에 있어 큰 성과를 올리고 있고, 황보명원 개인도 상당한 무력의 소유자라지만 지금 그가 하고 있는 것은 단순히 무림맹 내에서 자신의 입지를 다지기 위한 수작질에 불과했다.

긍정적인 논의로 나아갈 수 있는 부분을 아예 차단하고 있질 않은가.

"이건 중요한 부분입니다. 마교는 밥을 베풀어 민심을 얻었고, 정도 무림을 치는 데 이를 효과적으로 사용하고 있어요. 우리도 그에 대응해야 합니다. 또 훗날도 생각해야 합니다. 그들은 마인들과 함께 저 서쪽으로 넘어가지 않을 겁니다. 우리가 살고 있는 이 중원에 남을 거란 말입니다. 물론, 그것도 우리가 이 사태를 해결하고 마교를 꺾었을 때의 얘기겠지만요."

수뇌부 몇 명이 남궁혁의 말에 동조해 고개를 끄덕였다.

주로 소림과 무당 등 도가나 불가 계열의 문파들이었다.

남궁혁의 말은 그들 문파의 가르침과 궤를 같이하는 면이 있었다.

비록 소수였지만 그들의 발언이 이 회의에서 상당한 위력을 가진다는 점에서 남궁혁은 든든한 아군을 얻은 셈이었다.

"혹시…… 그래서 팽 소협에게 흑마적들을 웬만해선 가두라고 부탁한 겁니까? 그들을 가두고 밥을 주라고?"

여태 생각에 잠겨 있던 제갈민이었다. 남궁혁은 고개를 끄덕였다.

"예, 그렇습니다."

"호오……."

제갈민이 작은 탄성을 내뱉었다.

그 또한 제갈세가의 사람으로 가난과 배고픔을 모르고 자란 이였다.

아무리 머리가 좋아 그 세상 만물을 이해한다고 한들, 남궁혁이 말한 부분은 그 입장을 겪어 보지 않으면 쉽게 적용하기 힘든 부분이었다.

때문에 이를 머릿속으로 엮어 보는 과정에서 평소보다 시간이 꽤 걸렸다.

"일전에 팽 소협이 항주에서 흑마적을 상대했을 때, 그는 천여 명의 흑마적을 붙잡아 무림맹 항주 지부의 감옥에 맡겼습니다. 그때는 의아하게 생각했는데, 이제야 이해가 가는군요."

"그래서 그게 뭐 도움이 됐습니까?"

황보명원이 삐딱하게 물었다. 제갈민은 미소를 지었다. 황보명원에게는 기분 나쁘게만 보이는 미소였다.

"물론입니다. 그 직후 항주 지역에서는 흑마적이 눈에 띄게 감소했으니까요."

"그냥 원래 없었던 건 아니오? 항주라 하면 자고로 돈이 도는 곳일 텐데."

"이 사실에 대해서는 개방이 더 잘 아실 것 같습니다만."

제갈민이 개방의 장로에게 도움을 요청했다.

쿰쿰한 냄새를 풍기고 있던 그는 갑작스러운 호명에 놀라 눈을 끔뻑거렸다가, 이내 흐름을 파악하고 입을 열었다.

"거 맞는 얘기요. 비록 항주가 물산이 많다지만, 개방이 터를 잡을 정도로 거지가 많은 것도 사실이지. 항주 나루터에서 일감을 구해 보려는 빈민들이 득시글해서 우리가 쫓겨날

뻔도 했는걸. 흑마적이 유독 적다는 것도 맞는 말이고. 그래서 우리 방도들은 전부 북쪽과 남쪽으로 가지 않았는감.”

남궁혁의 주장은 제갈민이 뒷받침한 근거에 개방 장로의 증언까지 더해진 덕분에 단단해졌다.

이후 남궁현암이 주도적으로 회의를 이끌었다.

덕분에 ‘흑마적을 상대할 때 웬만해서는 죽이지 않고 제압하는 방향으로 간다’ 라는 기조가 정해졌다.

그냥 마교를 이기면 끝나는 게 아니라는 남궁혁의 말이 지지 기반과 밀접한 관련이 있는 각 문파, 세가들을 자극한 데다가 소림과 무당의 장로들이 적극 힘을 실어 준 덕분이었다.

‘쳇, 저런 애송이의 말을 듣다니. 무림맹도 한심하기 짝이 없군. 남궁현암의 뒷배가 아니었으면 병기당주 자리는커녕 섬서에서 망치나 두드리고 있을 녀석이…….’

하지만 황보명원을 비롯한 몇몇 이들은 여전히 불퉁한 표정이었다.

특히 황보명원은 아까 대놓고 면박을 받은 것도 있어서 더더욱 속으로 이를 갈았다.

원래도 출신이 천한 남궁혁을 언짢게 보던 그였다.

남궁세가의 피가 섞였다고 한들 삼 대나 본가와 떨어진 방계에 섞이면 얼마나 섞였겠는가.

숫자로 간단히 셈해도 십 할 중 일 할 조금 넘는 수준이
다.

반대로 황보명원은 조부와 조모가 사촌지간에 결혼을 한
데다가, 어미가 황실의 사람이라 혈통으로만 따지자면 남궁
혁이 감히 쳐다보지도 못할 신분이었다.

그런 이력을 십분 발휘하여 무림맹 내에서도 세력을 휘
둘러 보려 했으나 마음처럼 되질 않으니 조급함과 짜증만
늘었다.

'조금만 기다려라. 조금만 있으면…….'

그런 황보명원의 마음을 대변하듯, 갑자기 수뇌부 회의
실의 문이 벌컥 열렸다.

극도의 보안을 요구하는 수뇌부 회의에 이렇게 문을 벌
컥 열고 들어오는 자가 있다니.

또 아까와 같은 정보원이 온 건가 싶었지만, 이번에 들어
온 이는 아까 지친 기색이 역력했던 정보원과 달리 당당하
고 힘 있게 발을 내디뎠다.

그를 알아본 모두의 얼굴에 놀람과 경악이 가득했다.

물론, 모두는 아니었다.

황보명원을 비롯해 몇몇은 반가움의 기색이 역력했다.

그의 귀환을 사전에 알고 있었던 것이 분명했다.

"동도들을 오래 기다리게 해서 면구하오. 무림맹주 도맹

건, 지금 막 병에서 회복해 돌아왔소이다."

물론 가장 놀란 것은 제갈민과 남궁현암을 비롯한 현 맹주 대리 일파의 사람들이었다.

남궁현암은 놀람을 내색하지 않으려 애쓰며 제갈민에게 서둘러 전음을 보냈다.

『이게 대체 무슨 일이오? 맹주는 분명 칩거해 있다고 들었는데?』

『……아무래도 저치들이 맹주를 불러낸 모양입니다.』

제갈민이 이를 갈며 희희락락하는 황보명원의 일당들을 흘겨보았다.

설마설마했다. 아무리 자신들이 맹을 휘어잡고 싶은 욕심을 고스란히 드러내 보인다고 해도, 당장 마교가 눈앞에 있는데 이런 식으로 분란을 만들 거라곤 생각하지 못했다.

아무리 마교를 밀어내는 일이 순조롭게 진행되고 있다곤 해도 세력 싸움을 벌일 때는 아니었다. 당장 마교의 정예도 모습을 드러내지 않았나.

초가삼간이 타고 있는데 불을 끄는 데 집중하지는 못할망정, 그 불로 나는 감자를 좀 굽겠네 하는 미친 짓과 다를 게 뭔가.

이럴 줄 알았으면 무슨 핑계를 대서라도 도맹건을 맹주 자리에서 끌어내렸어야 했는데.

제갈민이 이를 갈았지만 이미 뒤늦은 후회였다.

"어서 오십시오…… 도 맹주."

회의를 주재하고 있던 남궁현암이 떨떠름한 목소리로 도맹건에게 인사를 건넸다.

도맹건은 그를 보고 빙긋 웃었다. 병을 핑계로 칩거할 때와는 전혀 다른 얼굴이었다.

"남궁 대주, 지금까지 나를 대신해서 맹주직을 수행해 줘서 고맙소. 이제 그만 자리에서 비켜 주었으면 하오만."

남궁현암과 도맹건의 시선이 한 점에서 부딪쳤다. 누구 하나 쉬이 물러나지 않았다.

명분상 남궁현암이 자리를 비켜 주는 것이 맞긴 했다.

하지만 지금까지 마교에 대항해 무림맹을 이끌어 온 것이 누군가. 남궁현암과 제갈민 세력이다.

당장 이 자리에서 도맹건을 무림맹주 자리에서 끌어내리고 남궁현암을 자리에 올려도 도맹건은 할 말이 없었다.

이를 시도할 수 없는 건 순전히 눈앞의 황보명원 무리 때문이었다.

모두의 시선이 복잡하게 얽혔다.

이 자리에 있는 자들은 각 문파와 세가의 목소리를 대변하기 위해 와 있는, 정치에 나름 일가견이 있는 이들이었다.

도맹건이 누구 덕분에 이 자리에 올 수 있었는지 눈치 못 챌 이들이 아니었다.

명분도 있고, 뒷받침하는 세력도 있다.

도맹건은 남궁현암이 앉아 있는 맹주의 자리로 다가갔다.

그리고 남궁현암을 지그시 바라보았다.

적당히 하고 비키라는 무언의 암시였다.

"맹주께서는 맹주직을 이끌어 나가기 힘들 정도로 병세가 깊다고 들었는데, 더 요양치 않으시고 어찌 나오신 게요? 본도는 맹주의 건강이 염려되는구려. 남궁 도우가 충분히 잘해 주고 있으니 맹주께서는 다시 본인의 몸을 돌보시는 데 전념하시는 것도 나쁘지 않을 것 같소만."

남궁현암을 지지하는 측도 가만히 있지는 않았다. 이 자리에서 가장 나이가 많고 발언권이 센 소림의 장로가 일침을 놓았다.

소림뿐 아니었다. 남궁세가를 지지하는 문파와 세가들 외에 일인전승 문파의 후계자로 단신의 노력 덕분에 무림맹 수뇌부에 한 자리를 마련한 이들도 도맹건을 고까운 눈으로 바라보았다.

같은 일인전승 문파였던 도맹건이 맹주 자리를 사실상 내팽개치면서 그들 또한 도매금으로 묶여 책임감이 없다느니 하는 평을 받았으니까.

"비록 병중이었으나 이리 심각한 사태에 어찌 병을 털고 일어나지 않을 수 있습니까. 다행히 황보세가에서 내주신 영단 덕분에 몸을 회복했으니, 제 건강에 대해서는 더 이상 염려하지 않으셔도 될 것 같습니다. 맹주 대리께는 그저 감사드릴 뿐입니다. 제가 돌아올 때까지 이렇게 맹을 다잡아 주신 것에 대해서 말입니다."

말은 공손했으나 남궁현암을 온전히 보조자의 위치로 격하시키는 발언이었다.

남궁현암은 탁자 주변에 둘러앉은 사람들을 훑어보았다.

도맹건을 지지하는 이들의 면면은 뚜렷이 구분할 수 있었다.

하필이면 다들 무력을 손에 쥐고 있는 주요 부대의 대주들이었다.

무림맹 직속도 있었고, 다른 문파에서 차출되어 온 이들도 있었다.

남궁현암이 무인인 자신들이 아니라 책사인 제갈민과 손을 잡은 것이 내내 불만이었던 걸까.

어쩌면 남궁현암이 맹주 대리에 앉은 후 단행한 몇 가지 인사 조치가 그들의 마음을 거슬리게 했을 수도 있다.

남궁현암과 제갈민의 눈이 마주쳤다. 제갈민이 착잡한 얼굴로 고개를 끄덕였다.

저들의 협조가 없다면 이 사태에 대응하는 것은 불가능에 가까웠다. 이제는 패착을 인정해야만 했다.

"……맹주께서 돌아오실 그날을 기다리며 자리를 지켰을 뿐입니다. 앉으십시오."

남궁현암은 딱딱한 목소리와 함께 자리에서 일어났고, 그 자리를 도맹건에게 양보했다.

무인으로서의 패배와는 전혀 다른, 굴욕감만 가득한 패배였다.

하지만 남궁현암은 무덤덤하게 자리에서 물러난 후, 원래 자신이 앉아야 하는 자리로 향했다. 공교롭게도 조카인 남궁혁보다 하석이었다.

도맹건은 빈 자리에 앉은 후, 만족스러운 웃음을 지어 보였다. 그러고는 제갈민을 쓱 보며 물었다.

"자, 무슨 얘기를 하고 있었소? 마교의 정예가 섬서 북쪽으로 왔다는 얘기는 이곳으로 오면서 들었소만. 어디 보자……."

도맹건은 제갈민의 앞에 있는 지도를 빼앗듯이 잡아채곤 쓱 훑었다.

그곳에는 제갈민이 앞으로 전장의 향방을 이끌어 가기 위해 정리해 둔 표시가 되어 있었다.

남궁현암보다 더 오랫동안 제갈민과 함께했던 만큼 그가

어떤 식으로 전략을 표기하는지 알고 있었기에, 도맹건은 쓱 훑어보고는 지도를 내려놓았다.

"남쪽이라…… 그보다는 서둘러 북쪽으로 가는 게 좋을 듯 하오만. 마교의 정예가 나왔다는데 흑마적만 상대하고 있는 건 꽁무니를 빼는 것이나 다름없지. 당장 뭉쳐서 놈들을 상대하러 가는 쪽이 훨씬 효율적일 거 같소."

"무슨 함정이 있을지 모릅니다."

제갈민은 그를 맹주라고 부르지도 않으며 답했다.

황보명원이 도맹건 쪽에 가세했다. 이를 위해서 그가 도맹건을 끌어들인 거였으니까.

"흩어져서 흑마적을 상대하되, 마교의 정예가 쳐들어오면 그들에 대항하는 규모를 만들 수 있도록 전략을 짠 건 제갈 군사가 아닙니까? 그 땐 마교의 정예가 어디서 나타날지 몰랐으나, 이제 나타났으니 뭉쳐서 상대를 하면 되는 일 아닙니까."

며칠 전 짰던 전략까지 들먹이는 통에 제갈민은 어처구니가 없었다. 그때는 그때고, 지금은 또 상황이 변하지 않았나.

마교가 전혀 예상치 못한 쪽으로 쳐들어오는 마당이라 전략을 전부 수정해야 하는 판인데, 천산기갑대주라는 사람이 전략은 고려하지도 않고 그저 힘으로 밀어붙이면 될 거라고 생각하다니.

"복잡하게 생각하지 말고, 정면 대결로 갑시다. 우리는 무인 아닙니까. 정도 무림의 저력을 보여 줍시다."

"옳소!"

"그럽시다!"

대주들이 함성까지 질러 대자 제갈민은 한 손으로 머리를 감싸 쥐었다.

남궁현암 측의 사람들도 그 말에는 차마 반대하기 어려웠다.

무(武)가 모든 것을 결정한다.

그것은 무림의 절대 명제였다.

일전의 정마대전들처럼 어느 쪽이 강한지 대놓고 붙어 보겠다는데, 그걸 어떻게 막겠는가.

'너무 낙관적이야.'

남궁혁은 도맹건이 등장했을 때부터 침묵을 지키며 사태를 지켜보고 있었다.

지금까지 대전이라는 말이 붙을 만한 사건들, 정사대전과 정마대전 등에서 정파는 늘 승리를 거둬 왔다.

정도 무림맹부터가 그 격정적인 승리의 산물 아니던가.

그 승리가 무의식중에 배어 있으니 저렇게 대책 없이 전면전을 주장하고 나오는 것이다.

과거 조상들이 그랬던 것처럼 엄청난 무위로 마교를 물리치고, 자신들이 역사의 한쪽을 화려하게 장식할 수 있다는 착각이 아니고서야 저럴 수 없다.

자신들이 질 거라고는 요만큼도 생각하지 않기에 저지르는 멍청한 짓거리들.

남궁혁이 도맹건과 황보명원, 그리고 그에 동조하는 이들을 보는 기분은 딱 그랬다.

이런 자들이 무림맹에 있었으니 이전 삶의 정도 무림이 그렇게 패퇴한 거겠지.

반대로 마교는 어떻겠는가. 그들은 과거의 정마대전에서 아주 처참하게 패했다.

중원에서 완전히 쫓겨나 저 험한 사막에 자리를 잡았다.

그러니까 정도 무림에 간자 수십을 보내놓고 금화전장을 지원하는 것도 모자라 모용세가와 손을 잡으려 부단히도 애를 쓴 것이다.

마신을 부르려고 했던 것 또한 그들의 절박한 발악 중 하나리라.

오만방자한 자들이 이를 악문 자들과 마주했을 때, 지는 쪽은 어느 쪽일까.

이전 삶의 기억으로 미루어 보아 남궁혁은 전자가 진다에 손을 들고 싶었다.

그러니까 지금 상황은 끼어들어 봤자 헛수고였다. 제갈민과 남궁현암의 속은 좀 쓰리겠지만.

"자, 그러면 새로이 전략을 짜 봅시다. 마교와 일전을 벌일 용감한 이가 있습니까?"

"제가 가겠습니다!"

"그 일에 적합한 건 바로 접니다!"

"저희 천산기갑마대가 빠질 수는 없지요!"

회의장은 순식간에 도맹건과 그 일파의 열기로 가득 찼다.

남궁현암 측을 지지하던 이들도 도맹건이 벌이는 판에서 빠져선 안 된다고 판단했는지 은근슬쩍 손을 들기 시작했다.

제갈민은 침묵을 지켰다. 남궁현암 또한 마찬가지였다.

남궁혁도 머리를 이리저리 굴릴 뿐 손을 들지는 않았다.

이제부터는 정말 냉정하게 생각해야 했다.

어차피 한 번은 터질 일이었다.

그렇다면, 지금 제대로 저들 머릿속의 열을 빼고 지나가야 했다.

차후에 크게 실수하면 더욱더 돌이킬 수 없으니까.

세가가 염려됐지만 부디 잘 버텨 주길 바랄 수밖에.

남궁혁이 그들의 실패를 점치는 동안 도맹건은 순식간에

계획을 입안했다.

계획이라고 부르기도 뭣할 정도로 단순한 전략이었다.

도맹건을 위시한 무림맹의 무인 삼천이 마교의 정예가 있는 섬서 북쪽으로 향한다, 이외의 사항은 전부 이 부분에만 초점을 맞춘 전략.

소수 정예만 데리고 가겠다며 자신을 이끌어 준 이들을 후대하고, 나머지 사람들을 선발대에 넣어 주네 마네 하며 수작을 부린 도맹건 덕분에 무림맹 전체 전력이 움직이지 않는 것이 유일하게 다행인 부분이었다.

그렇게 도맹건이 꾸린 삼천 명의 선발대가 빠르게 섬서 북쪽을 향해 달려갔다.

그들이 운이 좋아 이기게 될지, 아니면 남궁혁이 예상한 대로 패퇴하게 될지는 아무도 모를 일이었다.

第二章

남궁장인가

남궁혁과 무림맹 수뇌부가 마교 정예의 침입에 대한 보고를 받았을 즈음, 남궁옥은 삼백여 명의 별동대를 이끌고 남궁장인가로 바삐 달려가는 중이었다.

'다들 무사해야 하는데⋯⋯.'

그녀의 얼굴은 빙검화라는 이름답게 차갑게 얼어붙어 있었지만 마음속은 걱정으로 가득했다.

남궁혁이 남궁장인가에 없다는 건 이미 알고 있었다.

그녀가 걱정하는 건 무림맹에 있을 남궁혁이 아니라, 남궁혁이 소중히 여기는 세가의 사람들이었다.

물론 그들은 남궁혁뿐 아니라 남궁옥에게도 꽤나 소중한

사람들이었다..

　남궁혁에게 좀 더 접근하기 위해서라는 이유 때문에 다가가긴 했지만, 그곳의 사람들은 남궁옥이 처음으로 따뜻한 인연을 맺었던 이들이다.

　검을 수련하는 데 바빠서 제대로 사람과 인연을 맺지 못했다.

　인정할 만한 상대가 아니면 무시했고, 검을 논할 만한 상대면 검으로만 대화를 나눴다.

　별다른 교류가 없어도 불편한 건 없었다. 그녀는 남궁세가주의 무남독녀였으니까.

　하지만 남궁혁을 매개로 사람들과 인연을 맺고 난 후의 세상은 조금 달랐다.

　남궁장인가의 사람들은 지금까지 남궁옥이 살면서 알아 온 이들과 다른 종류의 사람들이었다.

　그들과 함께 있으면 괜히 마음이 따뜻해졌고, 그녀답지 않은 부드러움도 자연스럽게 내보일 수 있었다.

　남궁혁의 부모는 물론이고, 그의 제자인 진우, 진하 남매와는 농담도 주고받게 됐다. 그 안에 있을 때 자신은 한결 부드러워졌다.

　신기하게도, 남궁장인가에서 그런 시간을 보내고 돌아오면 검도 한층 성숙해졌다.

그녀를 빙검화라 불리게 했던 딱딱하고 정제된, 날카로운 검은 유연하고 자연스러워졌다. 그러면서도 더욱 강해졌다.

지금까지 그녀가 검을 수련해 온 원동력은 스스로에게 있었다.

강해지는 것에 대한 열망만이 그녀에게 검을 잡게 했다.

하지만 남궁혁을 알고, 남궁장인가 사람들을 알면서 또 다른 욕구가 생겼다.

그들을 위해 검을 들고 싶어졌다.

때문에 더더욱 남궁혁과 함께이고 싶었다. 그들의 일부이고 싶었다.

연심도 연심이었지만 그것뿐이었다면 아비에게 부탁하면서까지 남궁혁을 고집하진 않았으리라.

남궁혁의 마음이 자신이 아닌 전혀 다른 이에게 향해 있다는 걸 알면서도 말이다.

'민 총관…….'

지금 남궁옥이 그 누구보다 걱정하고 있는 건 바로 민도영이었다.

남궁혁의 마음이 향해 있던 상대.

남궁혁은 어딘지 모를 한 곳만을 바라보던 사내였다.

무림인이라면 으레 강해지는 것에 대한 열망이 있지만

남궁혁의 열망은 조금 달랐다.

장인으로서 뛰어난 검을 만드는 것이 그것인가 하면 그
것도 아니었고, 세력을 키우고자 하는 것도, 누군가를 향한
연심도 아니었다.

무엇인지 모르겠지만, 그것은 남궁혁을 단단히 사로잡고
있었다. 남궁옥이 비집고 들어갈 틈은 거의 없었다.

그런 와중에도 남궁혁은 종종 민도영을 돌아보았다. 오
로지 그녀만 돌아보았다. 남궁옥은 아니었다.

남궁장인가에 있을 때, 두 사람이 함께 있는 모습을 보면
자신은 민도영을 이기지 못할 거라는 생각이 들기도 했다.

그녀는 남궁혁의 옆자리에 너무나 자연스레 존재했다.

처음 남궁혁과 만났을 때부터 그랬던 것처럼 계속.

가냘픈 문사다. 검은커녕 단도 하나 손에 쥐어 본 일이
없을 것 같은 여인에게 느낀 패배감은 상당한 충격이었다.

하지만 지금은 그녀를 걱정하고 있다니, 웃긴 일이다.

민도영은 남궁장인가의 총관이고, 세가에 없어서는 안
될 중요한 사람이니 당연히 세가의 심처에 숨어 있으리라.

그럼에도 그녀가 걱정되는 것은 오로지 남궁혁 때문이
다.

민도영이 털끝 하나라도 다치게 되면 그가 마음 아파할
까 봐.

지금 남궁혁은 무림맹에 있다. 거기서 자신의 일을 하고 있다.

남궁옥은 그래도 남궁혁을 제법 알았다.

일을 내팽개치고 여기까지 달려오지는 못할 거다.

잠깐 머리에 열이 올라서 발을 뗀다고 해도 곧 정신을 차리고 무림맹에서 자신의 일을 할 것이다.

'그러니까…… 여긴 내가 맡는다.'

믿기 어려운 속도로 산길을 내달려 올랐던 남궁옥의 발이 봉우리 끝에 닿았다. 남궁장인가가 있는 부근을 한눈에 내려다볼 수 있는 자리. 남궁혁이 경치가 좋다며 알려 준 자리였다.

상황은 치열했다.

남궁장인가 무사들은 마교의 정예를 상대하면서도 사람들의 피해를 최소화하기 위해 노력하고 있었다.

남궁옥이 마지막으로 봤을 때에 비해서 실력이 놀랄 만큼 성장한 모습이었다.

그녀가 알고 있던 전력으로는 지금쯤 쑥대밭이 됐어도 이상하지 않은데…….

실력도 실력이지만 남궁옥은 남궁장인가가 지금만큼 버틸 수 있는 또 다른 이유를 하나 찾아냈다.

후방에 정신없이 지휘를 하는 제갈화영이 있었다.

상승된 실력에 천재 지략가가 함께이니 이 정도 막아 내고 있는 것이다.

하지만 상대가 상대인지라 이를 악문 분전에도 남궁장인가는 조금씩 대형이 무너지고 있었다.

마교의 뒤에서는 화산의 옷을 입은 소수의 사람들이 마교의 틈을 뚫고 안으로 들어가기 위해 애쓰고 있었다.

지원군이 온다는 소식을 알려야 하는데, 전음이 닿을 거리가 아니라 고전 중인 모양이었다.

『어떻게 할까요, 아가씨.』

수하가 남궁옥의 의견을 물었다.

남궁옥의 별동대는 저 수많은 마인들을 전부 물리칠 수 있는 수준이 아니었다.

그렇다고 양 쪽에서 협공한다고 유리해질 것 같지도 않았다.

마교는 지금 전력을 쏟고 있지 않았다.

약 백여 명 정도가 사태를 관망하며 자리를 지키고 서 있었다.

그럼에도 남궁장인가가 밀리고 있긴 했지만.

남궁옥의 별동대가 가세한다면 적당히 화산파를 상대하며 대기 중인 마인들과 싸우는 것이 고작이리라.

'대체 뭘 기다리고 있는 거지?'

당장 마인들을 상대하고 있는 남궁장인가는 거기까지 생각이 못 미칠 수 있겠지만, 위에서 전황을 전부 보고 있던 남궁옥은 대번 마교가 뭔가를 기다리고 있다는 것을 눈치챘다.

지금의 전력으로 마음만 먹으면 세가를 한 번에 쓸어버릴 수 있을 텐데도 적당히 대응하며 시간을 끄는 모습이 딱 그랬다.

설마 남궁장인가를 미끼로 모여드는 지원대들을 하나하나 격파할 생각인 걸까?

가능성이 있었다.

마교가 섬서 북쪽의 남궁장인가를 친 것은 정말 의외의 전략이었다.

그러니 지원군도 뭉쳐서 한 번에 오지 못하고 뿔뿔이 흩어져 하나씩 도착하게 된다.

이들을 각개격파 한다면, 마교는 손쉽게 무림맹의 정예를 해치울 수 있는 것이다.

'여기서 혼자 고민한다고 해결할 수 있는 일이 아니군.'

남궁옥의 전략전술에 대한 배움이 얕진 않지만, 그래도 저기서 남궁장인가 무사들을 진두지휘하는 제갈화영만큼은 아니었다.

그렇다고 당장 밀리는 게 눈에 보이는데 이들을 돕지 않을 수도 없었다.

『대주. 부대를 둘로 나누겠소. 나는 이백을 데리고 가장 취약한 부분을 쳐 남궁장인가와 합류할 거니, 대주는 백여 명을 이끌고 근처에서 동향을 살펴 주시오. 어쩌면 눈앞의 저게 전부가 아닐지도 모르오. 숨어 있는 놈들이 확인되면 지체 없이 후속 부대와 합류하시오.』

『알겠습니다.』

대주의 손짓에 순식간에 별동대가 둘로 나뉘었다. 이백 여 명이 남궁옥의 뒤에 섰다.

빙검화, 별호만 들어도 소름이 돋을 정도로 서릿발 같은 실력을 자랑하는 그녀가 검을 뽑아 들었다.

『가자.』

남궁옥이 깎아지른 절벽 아래로 떨어지듯 내달리자, 대원들도 그녀를 뒤따르며 검을 뽑아 들었다.

*　　　*　　　*

민도영은 남궁옥의 예상과는 달리 격전지 바로 앞에 있었다.

제갈화영처럼 다른 이들의 호위를 받으며 지휘를 하는 자리에 있는 것도 아니었다.

그녀는 세가의 다른 사람들과 힘을 합쳐 다친 무인들을 의원으로 옮기고, 순식간에 소모되어 가는 대전(對戰) 물건들을 보급 지휘하고 있었다.

계속해서 부려져 나가는 검과 도 등의 무기는 물론, 남궁장인가에는 암기나 기타 특수한 무기를 쓰는 사람도 많았으니까.

아랫사람들에게 맡겨서 될 일이 아니었다.

그 모든 물건이 어디에 얼마나 있는지 알고 있는 건 민도영뿐이었다.

누군가가 나서서 정리해 주지 않으면 뒤에서 무인들을 지원하는 일도 큰 혼선이 생기기에 그녀는 피와 살이 튀는 전장에서 눈 하나 깜빡하지 않고 뛰어다녔다.

위험하다는 건 알고 있었다. 제갈화영도 만류했고, 남궁혁 가족의 안위를 책임지는 안빈대는 절대 안 된다며 그녀를 심처에서 내보내려고 하지 않았다.

하지만 상황이 상황인지라 안빈대조차도 싸움을 거들어야 했고, 그 와중에 빠져나와 이리저리 지시를 하는 민도영을 다시 돌려보낼 정신이 있는 사람도 없었다.

그래도 전선 중에서 가장 안전한 곳이었다.

마교는 두터운 초승달 모양으로 남궁장인가를 압박하고 있었고, 민도영이 있는 곳은 가장 끄트머리였다.

지형 때문에 마인들이 많이 들어오지도 못했고, 천유가 있는 남궁장인가의 의원과도 가까워 할 일이 많았다.

피와 먼지가 공기 중을 떠도는 이 난전 속에서 그녀의 흰 옷자락은 유독 눈에 띄었다.

남궁장인가 무인과 일전을 벌이던 마교인의 눈에 그녀가 들어왔다.

『총관 민도영을 찾았다.』

마인이 전음을 보내자, 그 즉시 다른 무인들을 상대하던 마인 열댓 명 정도가 전음을 보낸 이의 주변으로 뭉쳤다.

혹 남궁장인가의 총관을 보게 된다면 반드시 붙잡으라는 마뇌의 명이 있었다. 이유는 정확히 듣지 못했다.

미인이기는 하지만, 마뇌가 이 넓은 중원에 널리고 깔린 미인 중 고작 하나를 점찍어서 붙잡아 오라고 한 것은 아닐 것이다.

남궁장인가의 총관이기는 하지만 앞으로의 국면에서 중대한 변수가 될 책략가도 아니고, 그렇다고 무림 내에서 위상이 대단한 것도 아닌데.

왜 제갈화영도 아니고 민도영을 잡아 오라는 건지는 이해할 수 없었지만, 윗분의 책략이 그렇다는 데 토를 달 마인은 없었다.

그들은 순식간에 한 덩어리가 되어 민도영이 있는 방향

을 순식간에 뚫어 버렸다.

"피하십시오!"

"민 총관님!"

마인들을 상대하던 무인들이 당황하며 그들의 뒤꽁무니를 따라붙었다.

대체 민도영이 언제 여기까지 나와 있었던 말인가?!

하지만 다급하게 불러 봤자 이미 늦었다.

그들은 민도영을 알아보자마자 잽싸게 움직였고, 갑작스러운 전환에 당황한 무인들이 뒤따랐지만 마인들의 검이 민도영에게 닿는 것이 더욱 빨랐다.

단련된 무인들도 반응이 한 발 늦었는데 민도영이라고 이를 피할 수 있을쏘냐.

마인들이 자신들을 향해 날아온다는 사실을 인지했지만 민도영이 할 수 있는 건 아무것도 없었다.

순간, 머리 위에서 떨어져 내린 한 명의 인영이 십수명의 마인들을 향해 강력한 한 방을 날렸다.

콰앙―!

흙먼지가 뭉게뭉게 피어올랐다. 민도영은 방금 자신의 눈앞에서 어떤 일이 일어났는지 알 수 없었다.

하지만 눈앞에 갑자기 나타난 뒷모습은 익히 아는 사람의 것이었다.

일전에도 민도영은 같은 사람에게 보호를 받은 적이 있었다. 남궁혁과 남궁현암의 비무에서였다.

남궁옥은 그때와 똑같은 얼굴로 민도영을 돌아보았다.

"민 총관, 괜찮소?"

"예, 저는 괜찮습니다."

순식간에 차분을 되찾은 민도영의 말에 남궁옥은 고개를 끄덕였다.

그리고 다시 마인들을 상대하려다가 민도영의 옷자락이 찢어진 것을 발견했다.

남궁옥이 약간 늦었던 것이다.

뜯어진 어깻죽지의 옷자락 사이로 마기에 당한 특유의 상흔과 흐르는 피가 보였다.

남궁옥은 망설이지 않고 민도영의 허리를 붙잡았다.

같은 여인끼리니 망설일 것도 없었다. 민도영도 얼결에 그녀의 목에 매달렸다.

남궁옥은 곧바로 뒤로 빠져 남궁장인가의 의원이 있는 곳으로 신형을 날렸다.

마인들이 뭉쳐 파고들고, 남궁옥을 뒤따르던 이백 여 명의 무인들이 가세하면서 소강상태였던 이 주변은 중심부보다 더한 격전이 시작됐다.

남궁옥이 이끌고 온 이들의 숫자가 훨씬 많으니 잠깐은

자리를 비워도 될 것이다.

"……남궁 소저께서는 저를 싫어하시는 줄 알았습니다."

남궁옥에게 이끌려 가면서, 민도영이 중얼거렸다.

"혁이가 당신을 잃고 눈물짓는 모습은 보고 싶지 않아."

남궁옥은 민도영을 보는 대신 주변의 상황을 살피며 덤덤히 말했다.

"그 애의 마음이 진작부터 당신에게 가 있다는 사실은 알고 있었지. 모른 척했을 뿐."

의원의 담벼락을 넘은 남궁옥은 민도영을 바닥에 사뿐히 내려놓았다. 남궁옥이 날아 들어온 것을 본 천유가 후다닥 달려와 민도영의 맥을 짚었다.

"큰 상처는 아니군요. 심처에 계신 줄 알았더니 어디서 이렇게 상처를 입고 오신 겁니까?"

천유는 민도영의 상처를 보고 서둘러 지혈했다.

마기가 깃든 상처라 단순한 지혈만으로는 쉽게 피가 멎지 않을 터였다.

"괜찮습니다. 저보다는 남궁소저를 봐주십시오. 십수 명의 마기가 날아왔는데……."

"나는 괜찮소."

"그래도……."

남궁옥은 피식 웃었다. 민도영의 눈은 진정으로 그녀를

걱정하고 있었다.

"내가 누군지 까맣게 잊어버린 모양이오, 민 총관. 나는 남궁세가의 적녀, 당신이 어릴 적부터 붓을 쥐었듯 검을 쥐어 온 여인이오."

남궁옥의 말은 민도영을 향해 있었지만, 그녀의 기감은 오롯이 전장을 향해 있었다.

남궁옥의 별동대가 끼어든 덕분에 측면의 균형을 무너뜨리는 데 성공한 모양이었지만, 그 때문에 대기 중이었던 백여 명이 움직이고 있었다.

"걱정 말고, 여기서 상처를 치료 받고 쉬시오. 당신과 이 세가는 내가 지킬 거요. 그 아이의 정인이 될 수 없다면, 그 누구보다 믿을 수 있는 누님이 되고 싶으니까."

그녀는 그렇게 말하고 다시 신형을 날렸다.

민도영은 순식간에 사라진 남궁옥의 잔상을 찾으며 묵묵히 치료를 받았다.

남궁옥의 별동대가 적절한 시기에 측면을 파훼해 준 덕분에, 마교는 밤이 깊어지기 전에 물러났다.

하지만 이게 끝이 아니라는 건 모두들 잘 알고 있었다.

＊　　　＊　　　＊

남궁장인가와 마교 정예의 부딪침이 끝난 후. 소가주 남궁혁이 없는 남궁장인가의 회의실에는 세 명의 여인이 모였다.

민도영과 제갈화영, 그리고 남궁옥이 내일을 논하기 위해 모인 것이다.

"제갈 소저, 오랜만이오."

"오랜만에 뵈어요, 남궁 소저."

"오늘 정말 고생하셨습니다."

만약 이 여인들이 모인 시기가 절묘했다면 중간에서 남궁혁은 상당히 곤란했을지도 모른다.

세 명이 동시에 남궁혁을 좋아했던 시기가 있으니 말이다.

물론 지금도 미묘한 기류가 없지는 않았다.

제갈화영이야 깔끔하게 마음을 정리했다고 해도 남궁옥은 아니었다.

그녀가 남궁혁을 얻기 위해 어떤 식으로 세가를 압박했는지 이 자리의 두 여인 모두 알고 있지 않던가.

하지만 남궁옥은 그에 대한 내색은 물론 그 어떤 언급도 하지 않았다.

지금 당장 급한 것은 정리하지 못한 연심이 아니라 눈앞의 적이었다.

"와 주셔서 정말 감사해요. 아니었으면 힘들었을 거랍니다."

제갈화영의 말은 절대 빈말이 아니었다.

남궁옥이 측면으로 파고들자 별다른 변수가 없어 여유롭던 마인들이 동요했던 것은 상당한 도움이 되었다.

마인들과 교전한 지 오늘로 삼 일째.

매일 서른 명 전후의 무인들이 죽거나 심각한 부상을 입었던 것에 반해, 오늘은 고작 열두 명의 사상자만 있을 뿐이었다.

남궁옥의 별동대가 엄청난 도움이 되었다고 제갈화영은 거리낌 없이 말할 수 있었다.

"안심하지는 마시오. 오늘 참전하지 않은 마인이 백여 명이나 더 있소."

"알고 있사와요. 그것도 생각해서 대응한 걸요. 아마 그 백여 명 말고도 어딘가에 상당수가 숨어 있을 거랍니다. 후발 부대를 잘라내기 위해서겠지요."

제갈화영의 생각도 남궁옥과 크게 다르지 않았다.

다른 부분이 있다면, 제갈화영은 마인들이 어디어디에 숨어 있을 거라는 것까지 예상을 했다는 점이었다. 이미 지도에 표시까지 마친 상태였다.

"화산에서 급파된 부대의 말로 미루어 보아, 천허도인께서 도착하셨어야 할 시간인데 아직 안 오시는 걸 보면……
이 부근에서 숨어 있던 마인들을 상대하고 계시겠지요."

"도우러 가야 하지 않겠소?"

"천허도인께서는 현경의 무인이시니 저희가 걱정하지 않
아도 괜찮을 거랍니다. 오히려 그들을 돕기 위해 나가는 부
대가 마교의 먹잇감이 되겠지요."

제갈화영은 남궁장인가의 지남단이 마인들의 포위망을
뚫고 그곳들을 확인하고 있고, 적이 확인되면 곧바로 후발
부대에 전해 주기로 했다고 말했다. 이미 습격을 알고 있는
이상 천허도인이 밀릴 일은 없으리라.

"그러면 이제 앞으로는 어떻게 할 생각이오?"

"버텨야지요."

제갈화영은 대수롭지 않게 말했다.

"지금 마교는 평범한 무림의 전쟁이 아니라, 민간인까지
끌어들인 대대적인 전쟁을 벌이고 있어요. 어찌 생각하면
현명한 일이죠. 그들의 목적이 단순히 무림의 주도권에 있
는 게 아니라는 걸 생각하면 말이에요."

제갈화영은 남궁옥을 바라보며 지도 위에 올라와 있는
몇 개의 말을 움직였다.

민도영에게는 이미 첫 날에 설명한 부분이었지만 남궁옥
이 오면서 또 몇 개의 사안이 바뀌었다.

"처음에는 왜 다른 좋은 길들을 놔두고 남궁장인가로 몰려 왔는가 의문이 많았지만, 이제 팔 할 정도는 해소가 됐어요. 그들이 오기 쉬운 길은 우리도 방비를 했기에 다소 까다로워지긴 했겠지만, 그럼에도 남궁장인가가 있는 섬서 북쪽으로 몰려오는 것보다는 훨씬 조건이 좋다는 점 때문에 계속 혼란스러웠거든요. 의표를 찌르는 것도 정도가 있는 법이잖아요?"

"그렇소. 그렇다면 제갈 소저께서는 이들이 왜 섬서로 온 건지 알고 있는 거요?"

"마교의 목표 때문이에요."

제갈화영은 지도 위의 말 중 하나를 옮겼다.

말이 놓인 자리에는 험한 산세가 그림으로 표현되어 있었다.

"제가 생각하는 마교의 일 차 목표는 여기, 섬서 밑에 있는 진령산맥이어요."

"진령산맥?"

"서쪽의 태백산에서 동쪽의 화산까지 이르는 험준한 산길이지요. 저는 마교가 이곳을 초반의 분수령으로 정한 거라고 생각하고 있사와요. 남궁장인가를 친 건 여기까지 전선을 밀어붙이기 위한 전략 중 하나에요. 의외의 경로로 침투해서, 소가주가 무림맹의 일원이라 도저히 맹에서 지원 부대를 보내지 않으면 안 될 곳을 친 거지요. 후발 부대를 손쉽게 정리하려고요."

제갈화영의 말은 남궁옥의 생각과 비슷했다. 하지만 좀 더 세세하고 깊이가 있었다.

"마교는 흑마적들을 이용할 때부터 무림맹의 전력을 흩어놓고 상대하려 애를 썼어요. 하지만 맹에서 부대를 파견하면서도 유사시에 큰 규모가 될 수 있게 유용하는 바람에 큰 성과를 보지 못했죠. 뿔뿔이 흩어져 들어오는 부대들을 각개격파하고, 남궁장인가를 차지한 뒤 여기를 거점으로 화산을 상대하고, 나머지는 좌우로 세력을 확장시킨다는 계획일 거예요. 이전의 정마대전과는 양상이 달라요. 이를 무림의 싸움으로 이해했다간 큰일이 날 거랍니다. 마교는 진심이에요. 진심으로 중원을 지배하겠다는 마음가짐으로 임하고 있어요. 무림맹의 부대들을 각개격파하는 것도, 흑마적을 동원한 것도, 지금처럼 무인답지 않게 함정을 파고 기다리는 것도 다 그런 목적 때문이죠."

이게 바로 책사와 무인의 차이점이었다.

남궁옥은 그들이 함정을 팠다고 생각했을 때도 그저 '마교답게' 같잖은 술수나 쓴다고 여겼다.

지금까지 남궁옥은 물론 무림 전체가 마교에 대해 갖고 있던 생각들은 대체로 비슷했다.

순수하게 힘으로 대결하지 않고, 치사한 공작이나 펼치는 자들.

아마 본신의 노력이 아니라 마신 덕분에 뛰어난 성취를 이룬다는 사실도 이러한 생각에 한몫했으리라.

독을 쓰는 사천당가, 지략과 기관 진식을 자랑하는 제갈세가가 무림 내에서 다른 세가들만큼 대접을 받지 못한 것도 다 중원 무림의 이러한 분위기 때문이었다.

그랬기에 남궁옥은 더더욱 놀랐다. 제갈화영처럼 생각해 본 적은 없었다.

그들이 무인 대 무인으로서 중원의 패자를 가리자고 쳐들어온 것이 아니라, 정말 이 중원을 황제처럼 지배하기 위해서 쳐들어왔다고는 도무지 상상할 수 없었다.

"군사, 하나 궁금한 점이 있습니다."

여태까지 조용히 있던 민도영이 입을 열었다.

"마교가 진령산맥 북쪽을 차지하지 못하게 저희가 버틴다는 전략은 좋은 것 같습니다. 하지만 저희가 여기 있음으로 해서 무림맹이 지속적으로 후발 부대를 보내고, 계속해서 각개격파된다면 오히려 불리해지지 않겠습니까?"

"좋은 질문이에요, 민 총관. 버틴다라는 것은 최악의 상황, 그러니까 맹이 지원을 보내지 못할 때의 얘기여요. 오늘 남궁소저처럼 의외의 곳에서 나타나 준다든지 해서 마교의 의표를 찌를 수 있다면 그대로 그들을 몰아내 버리면 되지요. 전략이라는 건 살아 움직이는 전황에 따라 얼마든지 뒤바뀌는 거니까요."

"생각해 두신 바가 있는 것 같아 안심입니다."

민도영이 부드러운 미소를 지었다. 제갈화영도 그에 화답했다.

두 여인의 사이좋은 모습에 남궁옥이 잠시간 부러운 눈빛을 보냈다.

남궁옥이 원하던 남궁장인가의 분위기가, 사실상 외인인 두 여인에게서도 풍기고 있었다.

"어쨌든, 맹에서는 이 도발에 쉽사리 말려들지 않을 거예요. 비록 마교의 천라지망 때문에 저희 지남단이 쉽사리 움직이지 못하고 있어 정보를 받지 못하고 있지만, 맹에는 제 숙부님이 계시니까요. 소가주께서 걱정하시겠지만 청마일검께서 붙잡아 주실 거고, 저희는 맹에서 마교의 주력을 한번에 물리칠 정예를 모아올 때까지 여기서 버텨야지요."

"대충 몇 명 정도는 되어야 할 거 같소?"

"제 생각에는 정예 일만이어요. 지금 여기 와 있는 주력 부대 삼백에 혹해서 이삼천으로 달려오는 일은 없어야 할 텐데. 설마 제 숙부께서 그런 오판을 하실 리는 없지요."

무림맹에서 어떤 결정이 났는지도 모른 채, 제갈화영은

화사하게 웃었다.

"자, 그러면 내일부터 어떻게 버틸지 얘기를 해 보죠. 우선 민 총관께서는 가급적 밖으로 나오시지 말라, 고 말씀드려도 안 들으실 테니까."

"죄송합니다, 제갈 군사."

"천화의원과 함께 있어 주세요. 거기라면 제법 안쪽이면서도 창고들과 가까우니까 편하실 거예요. 천화의원의 도가 그렇게 약하지 않으니 유사시에는 도움도 될 테고."

"알겠습니다."

민도영은 고분고분 제갈화영의 지시를 받아들였다.

평상시 세가 운영에서는 민도영의 발언권이 더 세지만, 지금은 전시.

남궁혁도 없는 상황이니 현재 세가의 모든 운영과 결정은 제갈화영에게 달려 있었다.

그에 이어서 제갈화영은 남궁옥에게 지금까지 파악한 마교의 전술을 일러 주고, 이에 대항할 진법과 앞으로의 전략을 설명했다.

남궁장인가가 지금까지 대항해 왔던 것과 크게 다른 것은 없었다.

다만 남궁옥이 가세하고, 그녀의 별동대 백여 명이 밖에서 대기함으로써 제갈화영이 사용할 수 있는 변수가 늘었다.

이에 대해서 긴 회의를 마치고 난 후, 세 여인이 회의실을 나섰을 때는 벌써 깜깜한 밤이었다.

혹시 모를 야습을 대비해 남궁장인가 주변에는 수백 개의 화톳불이 밤하늘을 붉게 밝히고 있었다.

무사들이 야음을 틈타 민간인들을 안전한 곳으로 대피시키는 소리가 여기까지 들려왔다.

우왕좌왕하면서도 무사들을 믿고 옮기는 발걸음 소리, 활활 타오르는 수백 개의 화톳불 소리, 망가진 무기를 수리하고 있는 장인들의 망치질 소리…….

그 모든 것들이 한데 뭉쳐 참으로 기이한 기분이 드는 밤이었다.

각자 자신의 자리로 돌아가 밤새 일을 해야 할 세 여인은 발을 떼지 않고 함께 하늘을 보고 있었다.

남궁혁을 매개로 알게 된 서로다.

이름만 아는 이를 궁금해 하기도 했고, 질시하기도 했고, 자신과 비교를 해 보기도 했다.

어쩌면 서로를 미워하거나 증오했을 수도 있었다. 스스로에 대한 비애가 심해졌다면 비열한 수법을 썼을지도 모른다.

하지만 지금, 세 사람은 한 자리에서 같은 감상을 공유하고 있었다.

그리고 서로가 자신과 같은 생각을 하고 있다는 것도, 느낌으로 알 수 있었다.

말로 쉽게는 설명하지 못할 것 같은 기분이었다.

서로를 믿고 함께 하나의 목적을 위해 맞물려 움직인다는 것……

굳이 표현하자면 사내들이 흔히 말하는 전우애가 가장 가까운 표현일 것이다. 그리 딱 맞아떨어지는 느낌은 아니지만.

"그런데, 해소되지 않은 이 할은 대체 무엇입니까? 왜 굳이 마교가 세가로 쳐들어와야 했는지 그 이유 말입니다."

민도영이 문득 생각났다는 듯 물었다. 아까 제갈화영이 얘기했던, 마교가 왜 남궁장인가로 쳐들어왔는지에 대해서였다.

제갈화영은 팔 할은 파악했지만 이 할 정도가 미심쩍게 남아있다고 말했었다.

"아, 제가 민 총관께도 말씀을 안 드렸던가요?"

"나도 궁금하군."

남궁옥도 끼어들었다. 아까 제갈화영의 책사로서의 사고방식에 감탄한 그녀였다.

두 여인의 말에 제갈화영은 잠시 고민하다가 입을 열었다.

"굳이 남궁장인가여야 했던 이유는 아까 말씀드렸다시피 몇 가지가 있어요. 하지만 책사의 입장에서는 뭐랄까, 전략을 입안하고 적절한 상대를 찾은 게 아니라, 남궁장인가로 경로를 결정해 놓고 전략을 입안한 느낌이라고 해야 할까요? 그 전략이 가장 좋은 방안이라고 해도 저는 남궁장인가를 안 골랐을 거예요. 난주에 있는 청해문이 전략을 활용하기에 훨씬 좋은 조건이거든요. 그 부분이 이해가 안 가요. 왜 하필 남궁장인가였을까가."

"혁이가 마교의 미움을 산 거 아니겠소. 지금까지 혁이가 마교의 음모에 휘말렸다가 되레 그 음모를 모조리 파훼했던 게 몇 번인지 생각하면."

"하긴, 그렇게 생각할 수도 있겠네요. 워낙 많아야지요."

남궁옥의 대답이 꽤나 설득력이 있었던 탓에, 제갈화영은 물론이고 민도영까지 픕 웃어 버렸다.

어수선한 세가 주변의 소음 사이로 세 여인의 웃음소리가 섞였다.

어디선가 들려오는 여인들의 밝은 웃음소리에 세가 사람들은 저도 모르게 미소를 지었다.

며칠간 이어진 마교의 공세로 어두웠던 마음을 밝혀 주는, 마치 은은한 등불 같은 웃음 소리였다.

*　　　*　　　*

이후의 전개는 제갈화영의 예상과 크게 다르지 않게 흘러갔다.

열댓 명의 선발 부대를 보내고 뒤따르던 화산의 무인들은 잠복해 있던 마교의 정예와 마주쳤다.

그 숫자는 이백 여 명.

남궁장인가를 치던 숫자가 총 삼백 명이었던 걸 생각하면, 역시 남궁장인가를 점거하는 것이 아니라 이를 미끼로 후발대를 불러들이는 것이 그들의 목적이었다.

하지만 그들이 오판한 것이 하나 있었다면, 화산 쪽에는 천허도인이 있었다는 점.

현 무림에서 열 명이 채 되지 않는 현경 무인의 가세에 이백의 마인들 중 절반이 추풍낙엽처럼 스러지고 말았다.

천허도인은 그 기세를 몰아 화산의 무인들을 데리고 곧장 남궁장인가 쪽으로 달렸다.

세가를 포위하고 있던 마인들은 갑작스러운 공세에 놀라 그대로 길을 터 주고 말았다.

그대로 마교의 뒤에 있으면서 협공을 가하는 것도 좋겠지만, 지남단으로부터 제갈화영의 서신을 전달받은 천허도인은 그 수를 택하는 대신 제갈화영의 말을 따랐다.

지금 주변에 숨어 있는 이가 몇 백, 몇 천일지 알 수 없는 상황.

협공을 노리다가 또 협공을 당할 수 있었기에 제갈화영은 후발대를 전부 세가 안으로 불러들이려고 했다.

점창파의 후발대까지는 다들 마교의 공세를 뚫고 세가 안으로 무사히 들어왔다.

제갈화영은 두 문파의 어른들을 모셔 놓고 세가가 지금 처한 상황과 앞으로 어떻게 해 나가야 할지를 설명했다.

다행히 제갈화영의 명성과 그녀의 합리적인 전략 덕에 두 문파 모두 제갈화영의 말을 따르기로 했다.

갑자기 늘어난 무사들을 수용하느라 민도영은 밤낮없이 분주해졌고, 남궁옥도 화산, 점창과 함께 전략에 따라 움직이느라 정신이 없었다.

후발대가 벌써 셋이나 합류하자 마교의 대응도 빨라졌다. 숨어 있던 마교의 정예가 전부 모습을 드러낸 것이다. 그 숫자는 총 삼천.

기존에 무림맹이 갖고 있던 마교의 정예에 대한 자료와도 숫자가 맞았다.

어쩌면 여기서 이들을 처리하기만 해도 정마대전은 손쉽게 끝낼 수 있을 것이다.

그런 희망이 세가와 지원하러 온 무사들 사이에 퍼졌다.

좋은 일이었다.

별다른 변수만 없다면 말이다.

그리고 무림맹에서 출발한 그 변수가 이제 막 섬서 북쪽의 경계에 발을 들이기 시작했다.

바로 무림맹주 도맹건이 이끄는 삼천여 명의 무림맹 정예였다.

비록 자신에게 힘을 실어 준 이들 위주로 채워 넣기는 했지만, 황보세가의 천산기갑마대를 비롯한 삼천여명은 상당한 실력자들이었다.

흑마적과의 싸움에서도 연전연승이었던 그들은 이제 진정한 싸움을 앞두고 잔뜩 신이 나 있었다.

사실 지금까지 흑마적들에게 승리를 거둬 온 것은 그리 기쁘지 않았다.

정마대전이라 명명될 정도라면 정말 피가 끓는, 자신의 진신전력을 다 쏟아 부을 수 있는 치열한 전장이 있어야 할 것 아닌가.

아무리 그 힘이 절정 수준의 마기라고는 해도 잔챙이나 다름없는 흑마적들을 상대하는 것은 성에도 차지 않았고 자존심도 상했다.

때문에 현재 도맹건이 이끄는 이들의 사기는 최고조.

전략을 담당한 군사의 입장에서는 이보다 더 좋은 조건

이 있을 수 없었다.

하지만 제갈민의 명으로 도맹건의 부대에 따라붙은 부군사 추영관의 얼굴은 어둡기 짝이 없었다.

"맹주, 지금이라도 남궁장인가와 연락을 취하시는 게 어떻습니까?"

"또 그 소리인가? 이제 그만하세."

"그럴 순 없습니다. 중대한 일입니다."

"뭐가 그리 중대하단 말인가. 고립되어 있는 세가에 연락을 취하다가 우리가 가고 있다는 사실을 되레 들키는 쪽이 훨씬 나쁘다고 보네만."

"하지만—"

"됐고, 그대는 뒤로 물러나 우리가 어찌 싸우는지 구경이나 하세. 제갈 군사도 실전을 눈으로 보고 배우라고 자네를 보낸 것일 테야. 이참에 무림의 전쟁이 관의 전쟁과 얼마나 다른지 한 번 겪어 보게. 장담하건대 시야가 아주 넓어질걸세."

도맹건은 그렇게 말하고는 느긋하게 말을 달려 앞으로 나아갔다.

추영관은 한숨을 푹 내쉬며 말고삐를 고쳐 잡았다.

이번 출정은 추영관의 입장에선 도무지 이해 안 가는 것 투성이였다.

마교가 섬서 북쪽을 침입한 지 벌써 이레째다.

그들이 계속 분전하고 있다는 소식이 들려오긴 했지만, 남궁장인가를 돕기 위해 편성된 부대라면 응당 서둘러야 했다.

그런데 벌써 승리를 거두고 개선하는 것 같은 이 분위기는 대체 뭘까.

추영관은 주변을 둘러보았다. 마치 대장군의 출정 같은 화려한 모습이었다.

천산기갑마대는 의장용으로 화려하게 장식된 철갑을 말에게 씌웠고, 일반 무인들도 하나같이 말을 타고 늠름하게 움직이고 있었다.

신법으로 후다닥 뛰어가는 것도 모자랄 판에…….

그래도 제법 빨리 움직이고 있기는 했지만 추영관은 속이 타들어 갔다.

그뿐이 아니었다. 도맹건은 남궁장인가와 그 어떤 연락도 취하지 않고 있었다.

명분뿐이라고는 해도 남궁장인가를 구하기 위해 출전한 이들이다.

그렇다면 고립된 그들에게 연락을 취하는 건 당연한 수순 아닌가.

'이미 마교와 먼저 부딪친 이들이니 마교에 대한 정보도 훨씬 많을 것이다.

하다못해 선발대나 척후를 보내 마교가 어떤 공세를 취하고 있는지라도 알아야 할 거 아닌가.

정파 무림맹의 장이라는 사람이 저렇게 대국적인 생각이 없어서야.

추영관은 정마대전이 본격화된 직후에 제갈민에게 발탁된 인사여서 도맹건이라는 사람을 잘 몰랐다.

원래 무림인도 아니었다. 재야의 책략가로 황실에 간간이 도움을 주다가 제갈세가의 눈에 띄어 제갈가주의 조카 중 하나와 혼약을 맺은 이였다.

'대체 뭘 믿고 저러는 건지……'

한숨이 절로 나왔지만 어쩔 수 없었다.

추영관이 무림에 대해, 그리고 무림인에 대해 잘 모르는 건 사실이니까.

정말 듣던 대로 한 사람의 고강한 무공이 세를 뒤집어엎어 버릴 정도라면 자신의 책략도 전면 수정을 해야 할 것이다.

아니, 그 전에 책략가가 필요하긴 한가 싶은 생각이 들긴 했지만.

어쨌든 저들의 무공을 한 번 믿어 보는 수밖에 없었다.

그것 빼고는 추영관이 할 수 있는 일은 하나도 없었다.

추영관의 걱정을 아는지 모르는지, 도맹건이 이끄는 삼천 명의 무림맹 무사들은 거침없이 북쪽으로 달려갔다.

들르는 마을마다 환호와 환영을 받으며 있는 대로 어깨가 추켜올려진 그들은, 남궁장인가의 지척에 있는 평원에서 마교의 공격을 받았다.

마교가 모습을 드러내자 도맹건은 신이 났다. 그를 뒤따르는 이들도 마찬가지였다.

추영관에게는 말하지 않았지만 마교의 숫자가 몇 명이나 되는지는 이미 척후를 보내 알아 놨었다.

추영관이 알았다간 전략을 짜야 한다느니 조심스럽게 대응해야 한다느니 귀찮게 굴 테니, 그에게만 얘기를 하지 않은 것이다.

제갈화영이 보낸 지남단의 단원도 도맹건에게 정보를 전달했지만, 도맹건은 대충 듣고 그를 물렸다.

도맹건은 제갈세가나 남궁세가에게 공을 요만큼도 주고 싶지 않았다.

자기가 병을 핑계로 드러눕자 병문안은커녕 그대로 남궁현암을 데리고 온 제갈민도, 그대로 제갈세가의 제안을 받아들인 남궁세가도 꼴 뵈기 싫었다.

마음 같아선 남궁장인가가 마교에 의해 망한다고 해도 아무렇지 않을 것 같았다.

"천산기갑마대가 먼저 가시겠는가?"

"맹주의 은혜에 보답하겠나이다!"

도맹건이 황보명원의 부대를 제일 먼저 내보냈다. 주축이 되어 도맹건을 지지해 준 대가였다.

선제공격을 가한 마교의 부대는 약 삼백. 천산기갑마대는 백여 명.

단합된 기갑마대의 실력으로 보아 충분히 해볼 만한 싸움이었다.

"가자, 마신의 숙주들을 우리의 손으로 처단하자!"

"와아—!"

묵직한 말발굽 소리와 함께 천산기갑마대가 출전했다.

장소는 평원이고, 상대는 뭉쳐 있는 마인들. 천산기갑마대의 마창술이 빛을 발할 만한 무대였다.

삼백의 마인들은 선공이 무색하게도 천산기갑마대에게 정신없이 유린당하기 시작했다.

그 모습에 뒤에서 대기하고 있던 마인들이 서둘러 이들을 지원하러 달려 나오기 시작했다.

오백 명, 천 명, 천 명.

높은 산에서 척후를 보고 있던 이들이 서둘러 도맹건에게 달려와 마교의 움직임을 보고했다.

저쪽도 삼천, 이쪽도 삼천이라.

이 정도면 도맹건과 황보명원이 원하는 치열한 한판 승부가 가능하겠다는 생각에 도맹건은 그대로 밀어붙였다.

초반에는 무림맹이 우세했다. 상대도 분명 마교의 정예였지만, 천산기갑마대의 활약으로 잔뜩 사기가 오른 무림맹을 상대하는 건 쉽지 않은 일이었다.

천산기갑마대를 선두로 한 무림맹은 그대로 깊숙이 질주하며 삼천 마교의 허리를 잘라 냈다.

"이게 마교의 정예라니. 백 년의 시간이 그들에겐 아깝기만 하군!"

"그러게 말입니다!"

도맹건과 황보명원은 근거리에서 함께 싸우며 호탕한 웃음소리를 내뱉었다.

"고작 이따위 놈들을 가지고 그간 무림맹이 호들갑을 떨었다니! 맹의 사성께서 울고 계시겠소!"

"맹이 호들갑을 떤 것이 아니라 제갈세가와 남궁세가가 호들갑을 떨었지요! 청마일검도 예전의 그만 못한가 봅니다!"

그렇게 대화를 주고받으면서 검과 창을 놀려도 순식간에 마인 두세 명이 피를 뿌리며 쓰러졌다.

그야말로 파죽지세였다. 무림맹의 전진은 멈출 줄을 몰랐다.

"맹주! 너무 깊이 들어갑니다! 멈추셔야 합니다!"

추영관이 말고삐를 꽉 붙들고 그들의 뒤를 따르며 몇 번이고 외쳤다.

하지만 도맹건은 귀찮다는 듯 추영관을 무시하고 검을 휘둘렀다.

대체 멈출 이유가 어디 있단 말인가? 이렇게 상대를 밀어붙이고 있는데.

양옆으로 마인들에게 둘러싸인 형국이 되긴 했지만 도맹건은 오히려 환영이었다.

한의 병사들에게 포위당한 채, 밖에서 들려오는 구슬픈 초가를 들으면서도 검을 붙잡고 분전한 항우가 되는 기분이지 않나.

이대로 마교의 정예를 물리친다면 도맹건이 지난번 아쉽게 놓쳐 버렸던 맹의 권력을 다시 제 손에 쥘 수 있으리라.

그뿐이랴, 이번에는 제갈세가나 남궁세가가 노릴 수 없을 정도로 강력한 권력을 이어가게 되는 것이다.

있는 대로 몸을 사린 자들의 반대를 물리치고 목숨을 초개같이 내버릴 수 있는 진정한 무인들을 이끌고 마교와의 전쟁에 나선 무림맹주.

이 아성은 향후 백 년간 그 누구도 무너트릴 수 없을 것이다.

반전은 도맹건이 찬란한 미래를 그리고 있을 때 일어났다.

화살처럼 마교 정예 삼천의 중심을 파고든 무림맹의 뒤에 또 다른 마교의 부대가 나타난 것이다.

그 숫자가 얼추 헤아려 봐도 이천여 명.

총 오천 명의 마인이 삼면에서 무림맹을 압박하기 시작했다.

심지어 뒤에서 쳐들어온 이천은 앞서 상대하고 있던 눈앞의 삼천보다 실력이 월등했다.

도맹건의 부대가 뒤따르고 있다는 소식에 일부러 함정을 파 놓은 것이 분명했다.

추영관의 말처럼 척후를 보내고, 남궁장인가와 연락해 협조를 했다면 이렇게까지 곤란한 상황에 처하진 않았으리라. 하지만 후회해 봤자 늦었다.

뒤늦게 아군이 도착했다는 사실을 안 남궁장인가 사람들이 협공을 하려고 애를 썼지만, 이미 도맹건의 부대가 와해된 상태라 추영관을 비롯한 몇 명을 구하는 데 그쳤을 뿐이었다.

第三章

외통

　도맹건이 이끈 무림맹 부대가 처참하게 패배했다는 소식
이 무림맹에 전해진 건 그로부터 이틀 후였다.

　"맹주께서 친히 이끄신 삼천 명 중 천 명이 사망, 천오백
여 명이 부상을 입었고 나머지 오백은 생사를 모른다고 하
는군요."

　"세상에……."

　"부군사의 말로는 맹주께서 제대로 척후를 보내지도 않
으시고, 남궁장인가에 연락도 취하지 않으신 채 눈앞에 보
이는 마교의 전면으로 돌진하셨답니다. 그 과정에서 선봉을
섰던 황보세가의 천산기갑마대는 전멸, 맹주의 생사도 어찌

되었는지 확인이 안 된다고 하는군요."

제갈민은 신랄한 어조로 서신을 덮었다. 남궁장인가의 지원 덕분에 겨우 살아남은 추영관으로부터 온 보고였다.

이외에도 도맹건이 전략적, 대국적으로 얼마나 한심한 짓거리들을 했는지 구구절절 나열한 서신이 다섯 장이나 더 있었지만 그 부분에 대해서는 생략했다.

어차피 더 이상 탓해 봤자 소용없는 사람이니까.

"들으셨다시피 상황이 긴박하게 됐습니다. 마교에 대항하기 위해 병을 떨치고 일어나신 맹주와 그분을 따른 소중한 정파 무림인 삼천여 명을 거의 잃다시피 했으니까요."

제갈민의 말투에는 도맹건과 그 세력들에 대한 조소가 섞여 있었다.

도맹건을 따랐던 이들 중 아직 맹에 남아 있는 이들이 눈살을 찌푸렸지만 어쩔 도리가 없었다.

주도권은 완전히 제갈민에게 넘어가 있었다.

"다행인 점을 하나 꼽자면 섬서에 등장한 오천여 명의 마인이 마교가 준비한 정예의 전체일 거라는 겁니다. 우리에게는 아직도 많은 정파의 고수가 남아 있습니다. 모두가 힘을 합쳐 지혜롭게 싸운다면 충분히 승산이 있습니다."

제갈민의 말에 모두의 눈에 다시 희망이 감돌았다.

총 군사인 그가 말하는 거라면 확실했다.

처음에는 막막하기만 했던 흑마적도 그 덕분에 잘 막아 내 오지 않았나.

그래, 이게 다 도맹건 탓이다.

도맹건이 중간에 맹주직을 회복하겠다며 돌아오지만 않았어도, 지금쯤 무림맹은 축배를 들고 있을 것이다.

그런 분위기가 퍼져 나가자, 제갈민이 하석을 바라보며 빙긋 미소 지었다.

"그러니 어서 자리해 주시지요, 청마일검. 맹은 빈 자리를 채우고 저희를 이끌어 줄 분이 필요합니다."

모두의 시선이 하석에 앉아 있던 남궁현암을 향했다.

그는 자리에서 일어나 모두에게 포권을 취했다.

제갈민처럼 다소 즐거움이 섞인 얼굴은 아니었다.

오히려 무겁기 짝이 없었다. 아무리 정적이었다고는 해도 삼천 정예가 속수무책으로 당했다는 사실이 타고난 무인인 그에게는 무겁게 다가온 모양이었다.

"어리석은 자에게 또다시 중책을 맡겨 주시니 몸 둘 바를 모르겠습니다."

남궁현암이 다시 맹주 자리에 가 앉는 것을 반대하는 이는 아무도 없었다.

남궁혁도 기쁜 미소를 지었다.

남궁현암과 마찬가지로 현 사태에 심각성을 느끼고 있었

지만, 그래도 부당하게 자기 것을 빼앗긴 사람이 다시 자리를 되찾는 건 보기 좋은 일이었다.

그것도 상대가 아끼는 사람이라면 말이다.

"그러면 지금부터 오천의 마교 정예를 어떻게 상대할지 논의해 보도록 합시다."

"궁금한 점이 있습니다."

"병기당주, 말해 보십시오."

"추 부군사가 보낸 보고에 상대의 전력에 대한 더욱 자세한 정보는 없습니까? 숫자보다는 그들의 실력에 대해서 말입니다."

"적절한 질문이군요. 비록 추 부군사는 무림에 대해 아는 바가 적지만, 남궁장인가에 있는 빙검화가 이에 대한 서한을 보내왔습니다."

제갈민이 새로운 서한을 품 안에서 꺼내자 모두의 시선이 집중됐다.

"새로이 추가된 오천의 전력은 전부 초절정 이상. 화경의 고수도 서른 명이 넘는 것 같다고 합니다."

"세상에……."

"그렇다면 남궁장인가는 못 버티는 거 아닙니까? 원군을 보내기에도 늦은 것 같습니다만."

누군가가 입을 열며 남궁혁 쪽을 흘깃 바라보았다.

남궁장인가가 상당한 실력을 쌓았다지만, 도무지 상대할 수 있는 전력이 아니었다.

현경의 무인이 있다고 해도 화경의 고수가 서른이면 천허도인을 충분히 맞상대 할 수 있었다. 거기에 오천의 전력이 전부 초절정이라면…….

남궁혁은 침묵을 지켰다. 세가가 걱정됐지만 지금 상태로는 마땅히 할 수 있는 게 없었다.

할 수 없는 일에 괴로워하느니 할 수 있는 일을 하는 게 더 현명한 일이라는 걸 남궁혁은 잘 알고 있었다.

그저 잘 버텨 주기를 바라는 것 외에는 남궁혁은 할 수 있는 게 없었다.

"마침 오늘 새벽 다행스러운 소식이 하나 더 도착했습니다. 마교가 남궁장인가에 일부 마인들을 남기고 남하하고 있다고 합니다. 전략을 좀 바꾼 모양입니다."

"그렇다면 세가는 지금 포위 상태인 겁니까?"

남궁혁이 물었다. 무영살문도 세가를 지키는 데 전력을 쏟고 있다 보니 그도 무림맹의 정보에 의존하는 수밖에 없었다.

"그렇습니다, 병기당주. 오백의 마인이 세가를 포위중이라는데, 그 정도라면 당분간 남궁장인가에 큰 피해는 없을 것 같군요."

남궁혁은 고개를 끄덕였다. 그가 심혈을 기울여 길러 낸 기린대와 무사들, 제갈화영의 지략과 민도영의 뒷받침, 남궁옥 외 무림의 명사들이 있으니 오백을 상대로 멸절당하는 일은 없으리라.

"하나가 해결됐으니, 문제는 다음입니다. 마교의 남하는 더 이상 맹의 후발대를 노리지 않겠다는 뜻으로 보입니다. 이미 한 번 맹의 예봉을 꺾었으니, 마교의 사기 진작과 맹의 분위기를 망치는 효과는 톡톡히 누렸겠지요. 그다음은 화산입니다. 정확히는 진령산맥 이북을 마교의 손아귀에 넣으려 하고 있지요."

과연 같은 제갈세가의 사람들답게 제갈민의 분석은 제갈화영과 비슷했다.

"이제야말로 본격적인 전면전을 벌일 시간이 온 것 같군요."

제갈민의 말에 모두가 긴장했다. 그때 누군가 회의실의 문을 열고 들어오며 말했다.

"전면전을 입에 담는 건 아직 성급한 것 같네만."

그 자리에 있는 사람 중 문을 벌컥 열고 들어온 이 젊은, 그러나 스스럼없이 제갈민에게 하대를 하는 여인의 정체를 아는 이는 몇 없었다.

그리고 이 자리에서 그녀를 그나마 가장 잘 안다고 할 수 있는 사람이 자리에서 일어났다.

"군주를 뵈옵니다."

"아아, 혁이 너로구나. 잘 지냈느냐? 하긴, 질문이 이상하군. 세가가 공격을 받았다는 데 잘 지냈을 리가 없지."

남궁혁이 군주라고 지칭할 만한 사람은 딱 하나밖에 없었다. 자무군주 주예홍이었다.

자무군주의 뒤에는 누군가 뒤따르고 있었다. 남궁혁은 그자 역시 누군지 잘 알고 있었다.

무림맹에 큰 파란을 안겨 준 존재, 천마신녀 주아흔이었다.

"어서 오십시오, 군주. 그리고 주 소저."

제갈민은 그들의 방문을 예상했다는 듯 자연스럽게 두 사람에게 인사했다. 그러고는 아직도 놀라 있는 무림맹 사람들에게 자초지종을 간략하게 설명했다.

"흑마적의 출현과 같은 이해하기 어려운 현상 때문에, 자무군주께 몸을 의탁하고 있던 주 소저를 찾아 모셨습니다. 자, 이쪽으로."

제갈민이 두 사람을 상석으로 안내했다.

원래대로라면 자무군주가 맹주의 자리, 가장 높은 자리에 앉아야 했지만 손님으로 온 상황이었기에 그녀는 제갈민의 자리를 차지했다.

주아흔은 바로 그 옆이었다.

'천룡이 좋아하겠는걸.'

남궁혁은 마지막으로 봤을 때보다 생기가 도는 주아흔을 보며 속으로 중얼거렸다.

팽천룡은 현재 맹의 명령을 받아 여기저기 흑마적을 척결하러 다니느라 정신이 없었다.

맹에 주아흔이 모습을 드러냈다는 걸 알면 눈에 띄게 기뻐하리라.

"오면서 상황은 확인했습니다. 수십만의 백성들이 갑자기 절정 급의 마기를 띄게 되었다고 하셨나요?"

"예, 그렇습니다. 주 소저께서 뭔가 아는 것이 있으십니까?"

주아흔은 고개를 끄덕였다.

다른 사람들과 마찬가지로 남궁혁도 그녀를 바라보았다. 자신의 추측이 과연 맞을지 궁금했다.

"그렇다면 한 가지밖에 생각할 수 없습니다. 교가 마신 재림에 성공한 겁니다."

주아흔의 나직한 목소리가 가져온 파급은 컸다.

다들 자신이 무슨 말을 들은 건지 믿어지지 않는다는 얼굴로 서로를 바라보았다가, 주아흔을 바라보았다가, 무슨 말을 하려다 말기를 반복했다.

"좀 더 자세히 설명을 부탁드립니다."

충격에 빠져 있는 모두를 대신해 남궁혁이 나섰다. 주아흔은 다른 이들과 달리 태연한 남궁혁을 보고 잠깐 시선을 보냈다가, 이내 고개를 끄덕였다.

"교는 계속해서 마신 재림을 시도해 왔습니다. 그 이유는……."

주아흔의 말이 물처럼 이어지자 다들 충격에서 더 큰 충격의 늪으로 한 발짝 한 발짝 발을 내딛는 기분이 되었다.

제한되어 있던 마신의 힘이 무제한으로 개방된다니.

그것도 마공을 익히기만 하면 무조건!

이 자리에 있는 자들은 모두 뼈를 깎는 노력을 수십 년간 해 온 사람들이었다.

그런 사람들에게 마공을 익히기만 해도 엄청난 무력을 얻을 수 있다는 말은 도무지 믿기 어려운 얘기였다.

주아흔이 마신 재림에 대해 설명하자 도무지 이해할 수 없었던 흑마적의 출현, 그리고 비약적으로 늘어난 마교 정예의 숫자 등이 한 번에 이해가 갔다.

하지만 주아흔의 말은 거기서 끝나지 않았다.

"……문제는 그들의 힘이 끊이지 않는다는 데 있습니다. 정파의 고수들께서도 장강의 물과 같이 막대한 내공을 지니고 계시겠지만, 지나치게 내공을 사용하면 다시 회복하는 데에 시간이 필요합니다. 하지만 마신을 따르는 마인들에게는 그런 시간이 필요치 않습니다. 그들의 마기는 대양과 같고, 각자의 자질에 따라 발현할 수 있는 한계가 정해질 뿐입니다."

모두의 입에서 순차적으로 탄식이 새어 나왔다.

주아흔의 말대로라면, 마인들은 살아 있는 강시나 다름 없었다. 지치지도 않고 그 힘이 약해지지도 않는데 강시와 는 달리 판단력과 생각은 산 사람 그대로인 것이다.

그렇다는 건 전략만 잘 세우면 잘 훈련된 초절정 마인 백 여 명이 현경의 무인도 능히 상대할 수 있다는 뜻이다.

한 번에 제압하지 못하면 그들의 힘이 끝도 없이 회복될 테니까. 남궁현암이 착잡한 얼굴로 물었다.

"그렇다면 이 사태를 어떻게 해결하면 되겠소?"

"결과를 불러온 원인을 제거하면 되겠지. 안 그렇나?"

"군주의 말씀이 맞습니다. 마신을 제거하면 됩니다."

주아흔이 너무나 무덤덤하게 말해서, 사람들은 순간 그 녀가 마실이라도 다녀오면 됩니다 따위의 일상적인 말을 내 뱉은 게 아닌가 착각했다. 그만큼 가벼운 말투였다.

"그리 어렵지 않습니다. 마신이 마신검을 통해 이 세상 에 내려왔지만, 그 힘은 음양의 균형을 깨트립니다. 균형이 맞지 않는 힘은 현세에 존재할 수 없습니다. 마신을 이곳에 붙들어 두는 아홉 개의 제단만 파괴할 수 있다면 마신의 힘 은 이 세상에서 사라지고, 교는 힘을 잃을 겁니다."

모두들 주아흔의 말을 조용히 듣고 있는 가운데, 남궁혁이 손을 들었다.

"조금 이상한 점이 있는데요."

"궁금한 점이 있으면 물어보시지요."

"일전에 제게는 마신 재림을 위해서 동남동녀 천 명과 아이를 밴 백 명의 여인, 그리고 남녀노소를 가리지 않고 만 명 정도의 목숨이 필요하다고 하셨습니다. 그 조건을 마교가 벌써 채웠을 거라고 생각하긴 쉽지 않습니다. 게다가 그 제단 중 하나가 아마 모용세가가 만들고 있던 그거 같은데요. 그건 이미 완전히 망가졌습니다."

"그러니까, 장인께서는 마신 재림이 완벽히 이루어지지 않았다고 말씀하시는 건가요?"

주아흔의 물음에 남궁혁이 고개를 끄덕였다.

"물론 지금 상황이 마신 재림으로 인한 상황이라는 건, 주 소저께서 확인해 주셨다시피 의심할 여지가 없습니다. 다만 좀 수상한 부분들이 있다는 거죠."

남궁혁의 말은 설득력이 있었다.

동남 동녀 천 명에 아이를 밴 백 명의 여인, 그리고 남녀 노소를 가리지 않고 만 명.

숫자를 차치하고서라도 상당히 까다로운 조건이었다.

화염산에 거주하는 마인의 숫자가 삼만 명을 넘지 않는다는 무영의 정보를 따르자면 말이다.

선결 조건도 해결되지 않았는데 이미 마신 재림이 성공했다니. 이상한 일이었다.

"아마 그 제물들은 지금 각지에서 마신을 위해 제단에 바쳐지고 있을 거예요."

"지금……?"

"그 제물의 용도는 그들의 혈채로 마신을 이 세상에 묶어 두는 것이랍니다. 전국 각지에서 일어난 흑마적들도 제물을 모으는 데 큰 도움이 되었겠지요."

"주 소저의 말대로라면 그들이 진령산맥 북쪽을 우선 선점하려는 것도 이해가 가는군요. 그래야 그 부근의 사람들을 제물로 쓸 수 있을 테니 말입니다. 흑마적이 나타난 지역에서 어린아이들이나 여인들이 사라졌다는 말은 충분히 많았습니다. 그게 마신을 위한 제물이라는 생각을 하지 못했을 뿐…… 그저 흑마적들이 약탈의 일환으로 여자와 어린아이들을 데려갔다고 생각했을 뿐이지요."

제갈민이 주아흔의 말에 근거를 덧붙였다.

"하지만 아직 해결되지 않은 문제가 있습니다. 모용세가에 있던 제단은 파괴됐습니다. 아홉 개 중 여덟 개가 됐다면 그 제물도 소용없는 거 아닐까요?"

"제가 잠시 지도를 보아도 될까요?"

주아흔이 제갈민을 돌아보며 물었다.

제갈민은 그녀의 앞에 중원 전도를 펼쳐 주었다.

주아흔의 손가락이 모용세가 부근을 짚었다.

"장인께서 말씀하시는 제단이 바로 여기지요?"

"네, 그렇습니다."

"그리고 그 제단이 최근에 만들어지다가 부서졌다고요."

"예."

"그건 가짜입니다."

"예?"

남궁혁이 놀라 반문했다.

주아흔은 제갈민에게 지도 위에 표시할 붉은 말, 푸른 말을 각기 아홉 개씩 부탁했다.

그리고 지도 위에 여기저기 붉은 말을 우선 늘어놓았다.

"원래 교가 준비한 제단은 이렇게 아홉 곳입니다. 마신의 힘을 중원에 묶어 놓을 수 있게 교리에 맞춰 배치되어 있지요. 하지만 마뇌는 이 아홉 개만으로는 불안하다고 생각했어요. 그래서 새로이 아홉 개를 더 만들었답니다. 제를 올릴 수 있는 두 벌의 제단이 생긴 거지요. 둘 중 하나가 망가지더라도, 다른 하나가 기능할 수 있도록요. 장인께서 보신 모용세가의 제단은 최근에 만들었던 제단입니다. 가짜라고 하긴 그렇고, 예비용이라고 할까요."

"그게 망가졌으니, 원래 있던 제단으로 제를 올린다

는⋯⋯?"

"그렇습니다."

주아흔의 말이 끝나자 누군가 깊은 탄식을 내뱉었다.

두 벌의 제단이라니.

마교가 이렇게까지 철저하게 준비했을 거라고는 생각하지 못했다.

남궁혁이 이미 예전부터 하고 있던 생각을 이제 무림맹의 모두가 하기 시작했다.

마교는 절치부심하며 이 전쟁을 준비해 왔고, 자신들은 사태를 너무나 낙관해 왔다는 것을.

"어쨌든, 이 모든 원인을 알게 됐으니 그리 염려할 일은 아니군요."

제갈민이 입을 열며 주위를 환기했다.

"마교가 참으로 열심히 했습니다만, 제단을 두 벌이나 준비했다는 건 결국 여벌을 만들어야 할 정도로 이 체계가 취약하다는 걸 의미하기도 합니다. 아홉 개의 제단 중 하나만 부수면 되니까요. 그렇지 않습니까, 주 소저?"

"맞아요. 하지만 제물이 다 바쳐지기 전에 서둘러야 해요. 지금도 얼마나 많은 제물이 마신을 위해 바쳐졌을지⋯⋯ 그에 따라서 마신의 힘이 이 세상에서 버틸 시간이 달라질 거예요."

"말하자면 저희가 서두르면 서두를수록 더욱 유리해진다는 거군요."

남궁현암이 한 마디로 자신들이 할 일을 정리했다.

빠르게, 마교가 제물을 바치는 일을 마치기 전에, 제물이 한 명이라도 더 바쳐지기 전에, 마신단을 찾아 부순다!

"제단의 위치에 대해 좀 더 자세히 설명해 주실 수 있습니까, 주 소저?"

제갈민의 요청에 주아흔은 지도를 꼼꼼히 살펴보고 빨간 말의 위치를 좀 더 조정했다.

제갈민은 이를 살펴보고 세 개의 제단을 골랐다.

아직 정도 무림의 영향력 하에 있으며, 맹에서 그리 멀지 않거나 대문파에서 가까운 곳들이었다.

"병력을 신중히 나눠야 할 것 같습니다. 남하하는 마인들과 맞설 화산에 보낼 병력도 생각해야 하고, 제단에 보낼 숫자도 생각해야 하고, 아직 꺼지지 않은 흑마적의 불길도 제압해야 하고…… 고립된 남궁장인가도 생각해야지요."

제갈민의 시선이 바쁘게 지도 위를 돌아다녔다.

잠시 뒤, 전략 구상을 마친 제갈민이 입을 열었다.

제갈민의 구상은 삼분지계였다. 제갈량의 삼분지계가 아니라, 무림맹의 아군을 셋으로 나누겠다는 뜻이었다.

흑마적, 마교 본대, 제단을 상대하는 셋으로 갈라지는 게 아니라 세 개로 나뉜 병력이 각기 하나의 제단, 제단 주변의 흑마적, 그리고 제단을 부수고 바로 마인들을 상대하는 진을 펼치는 형식이었다.

이외에도 섬서의 제단을 목표로 하는 병력은 마교의 측면을 쳐 남궁장인가와 연합, 마교의 뒤와 보급을 막는다는 전략도 포함되어 있었다.

이번에도 남궁혁은 일선에 포함되지 않았다. 하지만 꽤나 중요한 임무가 주어졌다.

병력을 삼분하는 바람에 기존의 보급과 전혀 다른 양상을 띠므로, 남궁혁이 직접 천무십이대 일대를 이끌고 보급을 지휘하라는 거였다.

상황에 따라 여차하면 후방에서 가세할 가능성도 있는, 여러모로 유연한 운용이 필요한 임무였다.

당연히 남궁혁은 이를 받아들였다.

나머지 이들도 제갈민에게 임무를 받았고, 무림맹 수뇌부는 이전보다 훨씬 진중하고 심각한 얼굴로 회의실을 나섰다.

이들의 면면을 보며 남궁혁은 안도했다.

이제 모두가 마교의 침입을 진지하게 여기고 있었다.

자칫하면 질 수도 있다는 위기감을 다들 공유하고 있으니 사소한 것 하나도 놓치지 않고 최선을 다하게 되리라.

물론 희망도 다 함께 느끼고 있으니 이 전쟁에서 이길 확률이 더 올라갈 건 자명한 일이었다.

남궁혁이 회의실 밖으로 나가자 먼저 밖에 나가 있던 주아흔과 자무군주가 보였다.

"맹까지 오시느라 수고가 많으셨어요."

"수고는 무슨. 고통 받는 백성들을 생각하면 이 정도는 수고도 아니다. 폐하와 경친왕의 권력투쟁 때문에 관에서 적극적으로 돕지 못하는 것이 안타까울 따름이지."

자무군주가 씁쓸하게 말했다. 그녀는 주아흔을 돌아보았다.

"이만 돌아가지. 여기에 너무 오래 머무르면 마교에게 꼬리를 잡힐 수 있다."

"잠시만요, 군주. 장인과 나눌 얘기가 있습니다."

"흐음, 나는 들으면 안 되는 얘긴가?"

주아흔이 고개를 끄덕였다. 남궁혁이 어깨를 으쓱였다.

"그런 모양인데요."

"알았다. 나는 기다릴 테니 둘이 재밌게 얘기를 나누고 오도록."

자무군주는 조금 토라진 듯 미간을 작게 찌푸렸다.

많이 자라 어른이 되었지만 그런 모습은 남궁혁이 처음 자무군주를 만났을 때, 그녀의 소녀 시절을 떠올리게 했다.

남궁혁은 주아흔을 병기당 쪽으로 안내하며 입을 열었다.

"두 분이 많이 친해지셨나 봐요."

"원래 주 가는 정강왕부와 먼 친척 관계였던지라. 군주께서 가시는 곳마다 저를 데리고 가셔서 안전하게, 그리고 즐겁게 지내고 있답니다. 존귀한 분께 이런 말씀을 드려도 될진 모르겠지만 귀여운 여동생이 생긴 기분이에요."

"호오, 그래요?"

"군주께서는 외동으로 자라셨거든요. 저는 교에 있을 때 동생이 있었고…… 지금은 이 세상에 없지만요. 군주를 보면 그 아이가 생각나서 마음이 편해져요. 그래서 군주와 함께 지내기로 마음먹은 걸지도 모르지요."

"나중에 군주께서 주 소저와 떨어지기 엄청 싫어하시겠는데요."

"지금도 어디 가지 말고 정강왕부에서 평생 같이 살자고 하시는걸요."

주아흔의 목소리에는 웃음기가 섞여 있었다.

가족을 전부 잃은 상처가 자무군주와 함께하며 상당히 나은 모양이었다.

천룡 녀석에게 상당히 만만찮은 존재가 생겨 버렸는걸.

남궁혁은 주아흔을 마음에 둔 팽천룡을 떠올렸다.

자무군주가 주아흔의 가족이 되다시피 한 것 같으니, 팽천룡은 이제 본가의 허락뿐 아니라 자무군주의 인정까지 받아야 하는 상황이 되어 버렸다.

그 또한 이 모든 일이 잘 마무리됐을 때의 얘기지만.

"어쨌든 저도 드릴 말씀이 있었는데 잘 됐네요. 먼저 말하세요, 라고는 해도 역시 마신석에 관해 물으시려고 한 거겠죠?"

"맞아요. 마신석은 잘 갖고 계신가요?"

남궁혁은 말없이 으쓱였다.

마교에게 빼앗기지 않았냐는 의미라면 잘 갖고 있는 게 맞긴 했다.

하지만 마신석의 형태 그대로 '잘' 갖고 있는 건 아니니까.

주아흔은 남궁혁의 몸짓을 전자로 받아들였는지 걱정스러운 얼굴로 말을 이었다.

"장인과 논의부터 하려고 아까는 얘기를 안 꺼냈지만, 조금 이상해요. 마신석이 없으니 마신검을 만들 수도 없었을 텐데, 어째서 마신 재림의 첫 단계가 성공할 수 있었던 건지…… 게다가 마신녀인 저도 없는데 말이에요."

"주 소저마저도 몰랐던 비밀이 있었던 게 아닐까요. 마신석이 여러 개라든지, 다른 마신녀를 찾았다든지."

미처 그 생각은 못했는지 주아흔의 얼굴엔 놀라움과 참담함이 범벅되었다.

"……결국엔 누가 끔찍한 희생을 강요받은 모양이군요.

저만 도망치면 될 거라고 생각했는데. 게다가 가문의 명운을 걸고 훔쳐 도주한 마신석이 하나가 아니라니."

"어디까지나 제 추측일 뿐이에요."

"하지만 지금 흘러가는 상황을 보면 장인의 추측이 맞을 것 같네요."

주아흔은 착잡한 목소리로 답했다. 하지만 이내 표정을 바꾸고 물었다.

두 사람은 어느덧 병기당 앞까지 와 있었다.

"장인께서 하려던 말씀은 뭔가요?"

"실은 그 마신석에 대해서 말인데요. 제가 그걸 좀 썼어요."

"예?"

이번에는 주아흔이 놀랄 차례였다. 남궁혁은 입가를 검지로 가렸다.

"그래서 좀 봐 주셨으면 하는 게 있거든요."

남궁혁은 병기당 내 자신의 처소로 주아흔을 안내했다.

방 안에 들어선 남궁혁은 그의 방 벽에 걸려 있는 수 자루의 검 중 하나를 꺼냈다. 그리고 검을 뽑아 주아흔의 앞에 내밀었다.

"이게…… 뭐죠?"

"천신이검이라는 이름을 붙였어요. 사람의 말을 알아듣

는 신검이라는 뜻이죠."

"신검이요?"

남궁혁이 고개를 끄덕였다.

"주신 마신석을 어떻게 활용할 방법이 없을까 고민한 결과물이에요. 만약에 그들이 다른 마신석을 갖고 있고, 마신검을 만들어 낼 수 있다면 그에 대적할 만한 검이 필요하지 않을까 해서요."

남궁혁의 설명을 들은 주아흔은 놀란 눈을 하고 천신이검을 바라보았다.

마신검에 대항할 신검이라니, 그런 생각은 미처 하지 못했다. 역시 장인이라 검을 만드는 데로 생각이 미친 거였을까.

하지만 남궁혁의 설명처럼 천신이검은 대단한 검처럼 느껴지지 않았다.

"한 번 쥐어 보세요. 그러면 느껴지실 거예요."

주아흔은 반신반의하며 남궁혁으로부터 검을 건네받았다.

그녀는 마교의 천마신녀인 동시에 상당한 실력을 자랑하는 검수였다. 지금은 마공을 버렸기에 전처럼 뛰어난 실력을 발휘할 순 없었지만 뛰어난 검을 알아보는 건 어렵지 않았다. 하지만 처음 남궁혁에게 천신이검을 받았을 때의 느낌은 그저, 평범하다는 것이었다.

좋은 검이었지만 그뿐이었다.

"좋은 검이지만 신검이라고 부를 정도는……!"

순간 엄청난 기운이 반짝하고 나타났다가 사라졌다.

온몸에 벼락을 맞은 것 같았다.

주아흔이 몸을 부르르 떨자, 남궁혁이 검을 도로 받아 들며 말했다.

"흉보면 안 돼요. 말을 다 알아듣는다니까요."

주아흔은 자신이 지금 듣고 겪은 것을 도무지 믿을 수가 없었다.

사람의 말을 듣고 이해해 그에 따라 움직이는 검이라니!

상상도 못 해 본 일에 주아흔이 얼이 빠져 있자, 남궁혁은 검을 조심스레 갈무리하며 말했다.

"저도 이런 검을 의도하고 만든 건 아닌데, 만들고 보니까 이런 게 나왔더라고요. 저도 처음엔 엄청 놀랐어요."

"그러니까 이 검이, 장인께서 마신석을 이용해 만든……?"

"맞아요. 대신 마신석의 마기는 전부 제거했어요. 그러니까 이건 마신검은 아니에요."

그건 주아흔도 알 수 있었다. 마기에 대해서라면 누구보다 잘 아는 이가 그녀니까.

그녀는 좀 전에 느꼈던 천신이검의 기운을 되새겨 보았다.

우레 속에서 쏟아지는 벼락이 한 번에 내리치는 것 같은 기분.

지금도 온몸 근육 하나하나에 놀람이 가시질 않아 산발적으로 움찔거리는 것이 느껴졌다.

"이 정도라면 마신검을 상대할 수 있지 않을까요?"

"마신검을요?"

"그러니까 만약의 경우예요. 제단을 부수는 데 실패하고, 의식이 마무리돼서 마신을 더 이상 막을 수단이 없을 때, 이 검이라면 맞설 수 있지 않을까 싶어서요."

남궁혁의 말은 주아흔이 전혀 생각해 보지 못한 것이었다.

마신검은 마신이 깃드는 육체나 다름없다.

그것을 부순다면 마신의 힘은 이 세상에서 떠나야 한다.

하지만 마신검은 문자 그대로 마신검이다.

수많은 마인에게 무제한의 힘을 주는 마신이 깃든 검이라면 그 힘이 얼마나 대단하겠는가.

마교에서 나고 자란 주아흔으로서는 마신검을 부술 수 있는 검이라는 걸 감히 상상조차 할 수 없었다. 하지만 한 번 개념을 알고 나니, 그것이 당연하게 느껴졌다.

몸소 체험한 천신이검의 위력이 남궁혁의 말에 설득력을 실었다.

"이만한 검은 감히 손댈 수 있는 이도 별로 없겠는걸요. 장인께서 쓰실 건가요?"

"글쎄요. 저도 검을 만들었다 뿐이지, 이 검을 다룰 자신은 없어요."

남궁혁은 천신이검을 원래의 자리로 돌려놓았다.

모든 기운을 감춘 천신이검은 그저 다른 평범한 검과 똑같아 보였다.

"그래서 말인데, 이 검에 대해서 무림맹에 알리는 게 좋을까요?"

남궁혁이 조언을 구하고자 하는 바는 이것이었다. 제갈화영이나 민도영의 생각을 들을 수 있으면 좋으련만.

두 사람과는 사실상 정보가 단절된 거나 마찬가지였으니까.

마교에 대해서, 그리고 마신석에 대해서 알고 있는 주아흔이 가장 적절했다.

"마신검을 상대할 수 있는 검…… 그런 검이 있다는 얘기가 흘러나가면 장인께서는 곤경에 처하시게 될 거예요."

"역시 그렇죠?"

남궁혁은 자신의 생각을 확인받고는 어깨를 으쓱였다.

마신검을 상대할 만한 검.

이게 하늘에서 뚝 떨어졌다고 말할 수는 없으니 남궁혁

이 검을 만들었다는 사실을 밝혀야 한다.

그렇다면 그 검을 '어떻게' 만들었느냐는 말이 나올 것이다.

직업상 비밀이라고 할 수 있다면 좋겠지만, 남궁혁은 현재 무림맹의 병기당주다. 천신이검 같은 걸 여러 자루 만들 수 있다면 맹에 득이 되는 건 당연하니, 여러 자루를 만들 수 없다는 사실을 밝혀야 한다.

마신석을 썼다는 걸 털어놓아야 하는 것이다.

당장은 문제가 안 될 수도 있다. 주아흔으로부터 보관을 부탁받았던 것이고, 이를 활용했을 뿐이니까.

하지만 이 일이 끝난 후, 마신석을 사용했다는 사실은 얼마든지 나쁜 방식으로 이용될 수 있다.

지금도 남궁혁은 충분히 많은 빌미를 주고 있었다.

남궁장인가가 중견급 이상으로 거듭난 지 얼마 되지도 않았는데 무림맹보다 더 뛰어난 정보력을 갖췄고, 평범한 자질과 장인의 일을 겸한다는 점에서 도무지 믿기지 않을 무공 실력을 갖췄으며, 다양한 마교의 일에 얽혀 왔다.

모난 돌이 정을 맞는다고, 일이 마무리된 후 누군가 남궁혁을 정도 무림에서 축출하고자 하면 얼마든지 악의적으로 꿰어 맞출 수 있는 일들이었다.

거기에 마신석이 곁들여진다면 그야말로 금상첨화.

아직 전쟁이 한창이고 정도 무림의 명운을 알 수도 없는 상황인데 훗날을 기약하는 것도 웃기지만, 꼭 훗날의 일이라는 법도 없었다.

당장 얼마 전에 도맹건 일파의 일이 있지 않았던가.

"장인께서 곤경에 처하는 것도 그렇지만, 천신이검에 대해 알게 된 정도 무림이 어떤 행보를 취할지도 걱정이 되네요."

주아흔은 남궁혁이 두 번째로 걱정하던 것을 입에 올렸다.

바로 욕심이다.

"그죠. 아무리 마신검을 막기 위한 목적이 있는 검이라고는 해도, 이만한 검을 탐내지 않을 사람은 없을 테니까요."

남궁혁이 절친한 숙부인 남궁현암은 물론, 그 누구에게도 천신이검에 대한 말을 꺼내지 않은 이유가 바로 이거였다.

천신이검은 단순히 전략의 도구 중 하나로 사용할 수가 없다.

천신이검에 대해 알게 되는 순간, 실력에 자신이 있다고 자부하는 모든 명사가 마신검을 상대하는 임무를 자신에게 맡겨 달라고 할 것이다.

제갈민의 전략에서 자신이 어떤 일을 맡고 있든지 간에.

이만한 신검을 쥘 수 있다는 것부터 마신검과 정면 대결을 해 정도 무림을 승리로 이끌 수 있다는 영예.

무림인이라면 누구라도 피가 끓을 만한 일이다.

비록 도맹건 일파가 전멸에 가까운 참패를 당하긴 했지만, 그때 그들에게 끼어 보려고 애쓰던 이들을 생각하면 그리 상상하기 어려운 일도 아니었다.

하다못해 도맹건 때는 무모하기라도 했다.

지나치게 피가 끓어 있었다.

하지만 이번에는 천신이검이라는 나름 확실한 수단도 있다.

욕심을 감추고 하나둘 자신이 하겠노라 나서며 제갈민의 구상을 흔들 이들이 눈에 선했다.

"우선은 장인께서 계속 갖고 계시는 것이 좋겠어요. 어차피 제단을 무너트리는 일이 잘 해결된다면 천신이검까지 필요할 일은 없을 테니까요."

"그렇겠죠? 어디까지나 혹시 모를 상황을 대비해서 만든 검이니까."

주아흔과 얘기를 마치자 남궁혁은 한결 마음이 편해졌다.

늘 누군가와 의견을 나누는 것이 버릇이 되다 보니, 혼자서 독단적으로 뭘 결정하는 것이 꺼려져 내내 마음이 불편했다.

사소한 거면 상관없겠지만 이 시국에 이건 나름 중대한 문제니까 말이다.

두 사람은 다시 자무군주가 기다리는 회의실 쪽으로 향

했다.

주아흔은 혼자 가도 괜찮다고 했지만 남궁혁이 일부러 데려다주겠다고 나섰다. 저 멀리서 자무군주가 그들을 보며 외쳤다.

"이제야 오는 게냐? 기다리다가 목이 빠져 버리겠구나!"

자무군주의 너스레에 주아흔이 키득키득 웃었다. 그런 그녀를 보며 남궁혁이 입을 열었다.

"바로 떠나시는 거예요?"

"군주께서 바로 떠나길 원하셔서. 뭐 문제라도?"

"이틀 후면 천룡이 맹으로 돌아오거든요. 보고 가시면 좋을 텐데."

팽천룡, 그 이름에 주아흔의 뺨이 부드러운 복사꽃처럼 물들었다.

역시, 그 숙맥이 대체 뭘 했는진 모르겠지만 주아흔도 팽천룡에게 마음이 있는 건 분명해 보였다.

"아쉽지만 정말 가 봐야 한답니다. 제 위치를 교에 들켜서는 안 되기 때문에……."

"그러면 어쩔 수 없죠. 천룡도 주 소저의 처지를 이해할 거예요."

"대신 이것을 그분께 전해 주실 수 있나요?"

주아흔은 품에서 손바닥만 한 날을 가진 장도(粧刀)를 꺼내 남궁혁에게 내밀었다.

"호오, 이걸요?"

남궁혁이 의미심장한 미소를 지으며 장도를 받아 들었다.

척 봐도 귀한 물건이었다.

날을 제외하곤 전부 금으로 둘러싼 데다가 귀한 보석이 아낌없이 박혀 있었고, 오색 비단실로 마무리한 걸작.

남궁장인가의 보석 장인들이 보면 눈에 불을 켜고 달려들 만한 장도였다.

이만한 걸 팽천룡한테 전해 달라는 건 의미가 빤했다.

"가문의 신물입니다…… 혹 그분께서 몰락한 마교 가문의 신물을 받는 것이 꺼림칙하다 말하시면 나중에 제게 돌려주세요."

"에이, 설마요. 천룡은 소저가 주시는 거라면 그게 어떤 거라도 감사히 받을걸요. 제가 잘 전달할 게요."

남궁혁은 진심이었다. 아마 주아흔이 인분을 먹으라고 준다 해도 팽천룡은 먹지 않을까?

"감사합니다. 그러면 이만."

남궁혁이 장도를 갈무리하자 주아흔은 인사를 하고는 자무군주에게로 갔다. 그리고 두 사람은 순식간에 신형을 날려 어디론가 사라졌다.

남궁혁은 사라진 자리를 보다가 이내 발을 돌렸다.

걸을 때마다 품 안에 있는 주아흔이 맡긴 장도의 무게가 느껴졌다.

민도영에 대한 걱정이 늘 마음을 짓누르는 느낌과 비슷했다.

늘 가슴 언저리에 묵직하게, 도무지 익숙해지지 않는 무게로 남아 있다.

언제가 돼야 이 모든 것이 끝나고 사랑하는 모든 사람들이 서로의 행복만을 생각하며 살아갈 수 있을까.

오늘도 당장 섬서 북쪽으로 뛰어가고 싶은 마음을 억누르며, 남궁혁은 병기당 내의 개인 대장간으로 향했다.

아무래도 망치를 쥐지 않으면 잠이 오지 않을 것 같았다.

*　　　*　　　*

이튿날.

제갈민의 전략에 맞춰 편성된 무림맹 무사 이만여 명이 세 방향으로 나뉘어 각자의 목적지를 향해 출발했다.

흑마적을 상대하느라 다른 지역에 나가 있는 이들은 중도 합류하기로 했다.

평소라면 준비도 좀 하고 나갔을 텐데, 이제는 한시가 다

급한 탓에 모두가 서둘렀다.

남궁혁을 비롯한 천무십이대 일 대, 그리고 병기당의 장인들도 분주했다.

그들은 일선에 서는 이들보다는 조금 늦게, 보급을 위한 물자를 준비해 삼 일 후 출발할 예정이었다.

이만 명이라는 엄청난 숫자가 무림맹을 빠져나가자 무림맹 내부에서는 주변에서 사람을 찾아보기가 힘들 정도였다.

천무문 안은 물론이요, 지무문과 인무문 안도 개미새끼 하나 찾아보기 어려웠다.

남궁혁을 비롯해 아직 출발하지 않은 이들, 그리고 맹에 남아 지휘를 하는 제갈민 이하 소수의 수성부 인력들만이 텅 빈 무림맹을 분주하게 뛰어다녔을 뿐이었다.

밤새 망치를 두드린 남궁혁은 해가 떠도 쉬지 않고 계속 일했다.

제갈민이 짠 새로운 전략에 맞춰 병기당의 모두에게 설명을 하고, 체계를 다시 손보는 등 할 일이 많았다.

해가 질 때쯤 그 일이 겨우 끝나자마자 그는 또다시 병기당을 나서 어디론가 바삐 향했다.

바로 천무십이대를 만나기 위해서였다.

병기당주에 취임하면서 천무십이대의 지휘권을 넘겨받았지만, 남궁혁은 그들과 제대로 인사를 나눈 적이 없었다.

천무십이대는 기본적으로 중원 전역 무림맹 지부의 보급을 위한 부대다.

제 일 대를 제외하고는 각 지방과 지방을 오고 가느라 바빴다.

게다가 제 일 대도 남궁혁이 온 직후 마교와의 문제 때문에 맹과 섬서 지부를 오가느라 바빴고 남궁혁도 병기당을 휘어잡고 새로운 체계를 적응시키느라 정신이 없어서 제 일 대의 대주와 부대주의 얼굴만 겨우 봤을 뿐이었다.

그런 천무십이대 제 일 대 전원이 지금 연무장에 도열해 있었다.

남궁혁은 그들의 옆을 지나치면서 이들의 면면을 대충 훑어보았다.

실력은 절정에서 초절정 사이. 각 대의 대주들은 초절정의 벽을 깼고, 부대주들은 조금씩 편차가 있다고 했다.

'마치 옛날의 기린대를 보는 거 같군.'

남궁혁은 그들이 도열해 있는 앞에 섰다. 제 일 대 대주가 먼저 포권을 취해 보였다.

"천무십이대 제 일 대, 병기당주를 뵙습니다."

대주의 선창에 뒤에 있던 대원들도 포권을 취하며 외쳤다.

"천무십이대 제 일 대, 병기당주를 뵙습니다!"

"반가워요. 내가 여러분을 지휘할 병기당주 남궁혁이에요."

남궁혁은 평이한 어조로 말하며 대원들 하나하나와 눈을 맞췄다.

남궁혁에 대한 대원들의 반응은 평이했다.

기린대를 비롯해 남궁장인가 무사들이야 원래 자질이 부족하거나 배움이 얕았던 이삼류 무사들이라, 자신들을 끌어올려 준 남궁혁에 대한 존경심이 기본으로 배어 있었다.

그래서 그들 앞에 서면 다소 부담스러울 정도로 열렬한 눈빛을 받기 마련이었다.

하지만 이들은 조금 달랐다. 여긴 무림맹이고, 저들은 무림맹에서 몇 년을 일해 온 무사들이었다.

남궁혁이 유명세를 제대로 탄 신진 고수이긴 하지만 그런 이들을 수시로 봐 온 이들인 것이다.

제 일 대 대주의 나이가 마흔이 넘었으니, 남궁혁의 친우이자 손꼽는 후기지수인 팽천룡이 아장아장 기어서 무림맹을 기어 다닐 때부터 봐 왔던 사람인 것이다.

그러니 남궁혁에 대해 열광하는 분위기가 아닐 수밖에.

그래도 다행인 건 딱히 적대적이진 않다는 거였다.

젊은 고수가 자기들 위에 있는 경우가 그리 드물지 않아서 그런 것일까.

제 일 대의 대주와 부대주를 만났을 때도 그런 인상을 받앞지만, 대원 전체가 남궁혁보다 나이가 많은 것 같은 데도 그랬다.

어쨌든 남궁혁으로서는 편한 일이었다.

"여러분도 이미 들었겠지만, 우리는 내일 모레 준비된 보급 물자를 호위하며 후방을 지원할 거예요. 다들 안전한 후송에 일가견이 있으신 분들이니 제 마음이 든든합니다. 비록 일선에 서는 건 아니지만, 후방이 든든해야 선봉에서 싸우는 분들의 마음이 편할 거예요. 우리 잘해 봅시다."

"당주의 믿음에 보답하겠습니다."

제 일 대 대주가 묵직한 저음으로 말했다.

기린대주인 양명과는 또 다른 느낌으로 믿음이 가는 사람이었다.

"그래서 오늘 모이라고 한 건, 제가 여러분의 실력이 어떤지 확인하고 싶어서예요. 안전한 후방에 있다지만, 후방이 교란되면 선봉도 흔들리는 걸 마교가 모를 리 없죠. 분명 습격이 있을 겁니다. 이를 대비하기 위해서 여러분의 실력을 한 번 보고 싶어요."

"무공 실력을 말씀이십니까?"

대주가 되물었다. 어쩐지 무기를 다 챙겨서 오라고 한다 싶었다. 하지만 남궁혁은 고개를 가로저었다.

"무공 실력도 볼 거지만, 꼭 무공이 아니어도 좋아요. 여러분은 후송에 특화된 부대니 경신술이나 승마술이 특출 난 분들도 계실 거 같은데."

그렇게 말하자 몇 사람이 고개를 쭉 빼며 목에 힘을 주었다.

아무래도 지금까지 천무십이대의 지휘권을 갖고 있던 윗사람들 중 그들의 그런 특기에 관심을 가진 사람이 많지 않았던 모양이다.

"마교가 우리를 상대로 전면전이 아니라 습격을 벌인다면 그런 특기가 중요할 테니까요. 대주께서는 알고 계시겠지만 저도 어느 분이 뛰어난지 알아야 적재적소에 배치를 하겠죠? 자신 있으신 분은 나와서 특기를 좀 보여 주세요."

남궁혁이 말하자 몇 명이 앞 다투어 나왔다.

가장 먼저 선 사람은 정도 무림의 사람이라기보단 어느 산채에서 호피를 두르고 사람 몸만 한 태도를 휘두를 것 같이 생긴 거한이었다.

"제 일 대 앞잡이를 맡고 있는 호걸대올시다. 잘 부탁드리오, 당주!"

호걸대는 생긴 것만큼 호탕하게 웃으며 남궁혁의 손을 잡고 악수하듯 흔들었다.

그러다가 그는 문득 눈을 크게 뜨곤 남궁혁의 손을 내려다보았다.

"이야, 장인이라더니 손이 참 크시오. 나만치 손 큰 사람은 잘 못 봤는디."

다소 무례한 반응이었다. 호걸대의 뒤에 선 대주가 안절부절 못하는 모습이 보였다. 원래 이런 사람인 건가, 남궁혁도 조금 당황스러웠지만 딱히 나쁜 사람은 아닌 것 같았다.

"저도 저만큼 손이 큰 분은 처음 보네요. 특기가 뭐죠?"

"사냥이오!"

"사냥?"

남궁혁이 눈을 끔뻑거렸다. 다양한 특기를 견식하고 싶다고 말하긴 했지만 사냥이 튀어나올 줄은 몰랐다.

남궁혁이 의아해하자 대주가 다가와 설명을 덧붙였다.

"호걸대는 제 일 대의 척후를 담당하고 있습니다. 적의 은신을 알아차리는 재주는 물론, 지형 지리에 대한 본능적인 감이 있어서 적을 궁지에 몰아넣는 데 일가견이 있지요. 처음 가 보는 곳인데도 지름길을 잘 찾아내서 늘 앞서 가 길을 확인하고 돌아오는 역할을 하고 있습니다."

"뭘 그렇게 길게 설명하고 그러셔. 그냥 앞잡이다 하면 되지."

"호오, 정말 엄청난 특기네요?"

남궁혁은 조금 달라진 눈빛으로 호걸대를 바라보았다.

그 정도 능력이면 천무십이대와 함께 후방에 있는 게 아니라 선봉에 가야 할 텐데?

"너무 대단한 고수님들하고 있을 땐 별 쓸모가 없습니다. 그분들은 기감이 대단해서 내 코가 아무 짝에도 쓸모가 없거든요. 하하하. 게다가 그분들은 산채 두목 출신인 이 호걸대하고 일하고 싶어 하지 않아서 말입니다. 우리 대주 성격이 좋아서 여기 눌러앉았죠."

남궁혁의 의아함을 알아챘는지 호걸대가 껄껄 웃으며 말했다.

외모가 딱 그런 느낌이다 싶더니, 진짜로 산채 두목을 하다가 무림맹에 영입된 경우인 모양이었다.

유독 대주와 각별한 것을 보니, 제 일 대를 습격했다가 사로잡힌 게 아닐까?

저 정도 특기를 갖고 있다면 대주가 그를 데리고 있는 것도 납득이 됐다.

"게다가 내 특기는 그것뿐이 아닙니다. 진짜 사냥을 잘한다고요!"

"사냥을요?"

남궁혁이 웃으며 물었다.

대체로 남궁혁의 주변 사람들은 차분한 사람이 많아서 호걸대 같은 이가 주변에 있는 경우는 처음이었다.

처음에는 당황스러웠지만 대화를 나눌수록 참 재밌는 사

람이었다.

웃을 일도 별로 없는 요즘 같은 때에 주변 분위기에도 굴하지 않고 이렇게 신나 할 수 있다니.

오히려 이쪽이 특기가 아닐까 싶을 정도였다.

"거 당주께서도 길거리 노숙 좀 해 보셨음 아시겠지마는, 먼 거리를 가다 보면 식량도 떨어지고, 마을도 좀 멀고, 먹을 만 한 게 마땅찮을 때가 있지 않습니까? 우리 같은 부대는 그런 일이 더 잦아요. 할당되는 것이 많지 않단 말이죠. 게다가 육포만 씹고 있다 보면 부들부들한 육질이 그리워진다고. 그럴 때 산으로 쑥 들어가서 한 마리 잡아오는 게 이 몸의 특기다 이 말씀이지요!"

허언은 아닌 모양인지, 앞에 서 있는 부대원 대부분이 고개를 끄덕이며 실소를 흘렸다.

"맞아요. 아주 중요하죠. 저도 어릴 때 나무를 패면서 사냥 몇 번 해 봤는데 그리 쉽진 않던데요."

"하하, 내게는 바로 이 코가 있으니까! 화경의 고수도 못 따라올 코가 바로 내 코지! 당장 사냥할 게 없으니 당주께 사슴 한 마리 잡아다 보여 줄 수는 없지만─, 응?"

시원스레 자신의 특기를 자랑하던 호걸대가 갑자기 놀란 토끼마냥 눈을 땡그랗게 뜨곤 두리번거렸다.

미간에 잡힌 주름은 짙어지고 자랑을 아끼지 않았던 큰

코도 바쁘게 벌름거렸다.

더 이상한 건 제 일 대의 반응이었다.

호걸대가 수상한 반응을 보이자마자 다들 무기를 손에 쥐고 주변을 경계하기 시작한 것이다.

어둠을 밝히던 횃불도 불안하게 흔들렸다.

그들은 전부 어둠 속 어딘가를 응시하며 당장이라도 공격할 것 같은 분위기를 풍기고 있었다.

"대체 무슨 일이에요?"

"호걸대가 저런 반응을 보이는 건 보통 주변에 적이 있다는 뜻입니다."

대주도 검을 뽑아 들고선 남궁혁에게 말했다.

적이라니, 무림맹 한복판에서 그게 웬 말인가.

남궁혁은 어이가 없었다.

그들이 있는 연무장은 지무문 안에 있었다.

무림맹주의 집무실 밑 수뇌부가 모여 있는 천무문까진 아니더라도, 지무문의 경계는 일전의 무림맹 비무 대회 때와 차원이 달랐다.

더 이상한 건, 화경인 남궁혁의 기감에도 딱히 수상한 뭔가가 걸리지 않는다는 것이었다.

"호걸대의 코는 남들과 조금 다릅니다. 기척을 완전히 숨기고 냄새를 지우는 약을 써도 이질적인 존재를 찾아낼 수 있죠."

"그게 가능해요?"

"본인은 가능하다고 합니다. 무향(無香)도 향이라고 하더군요. 이 세상 모든 것에서 향기가 나는데, 그 향이 안 나면 이상한 거라고 합니다."

이윽고 호걸대의 코가 벌름거리는 것을 멈췄다.

호걸대가 다들 그만하라는 듯 손바닥을 들어 올리자 대원 모두가 긴장을 풀고 무기를 집어넣었다.

하지만 호걸대의 심각한 표정은 여전했다.

"대체 뭐가 있던 거예요? 설마 무림맹 내에 사슴이 들어왔을 리도 없고."

"사슴은 아닙니다, 당주. 사람, 그것도 꽤 많은 사람이 이 근처를 지나갔어요."

"많은 사람?"

"대략 오십여 명…… 온몸에 냄새를 없애는 암은향을 뿌려 댔어요. 지독하기도 해라. 대체 어느 부대야?"

남궁혁의 표정도 심각해졌다. 지금 이 시기에 오십여 명이 잠입했다고?

"가끔 있는 일입니다, 당주. 무림맹 내에서도 암은향을 쓰는 첩보원들이 있으니까요. 심각하게 생각하지 않으셔도 될 것 같습니다."

대주가 남궁혁의 심각한 표정을 보곤 답했다.

하지만 그것만으로는 남궁혁의 불안함을 가시게 할 수 없었다.

"아니, 잠깐만요. 호걸대, 그들이 어느 방향으로 갔는지 알 수 있어요?"

"으음, 천무문 안 쪽으로 들어간 것 같은데요. 지금은 너무 멀어졌어요. 아마 총군사에게 보고를 하러 갔겠죠. 그런데 좀 특이하긴 하네요. 보통 암은향을 뿌리고 다니는 녀석들은 기껏해야 두세 명씩 뭉쳐 다니는데 오십 여 명이라니……."

호걸대의 말이 이어졌지만 남궁혁의 얼굴은 펴질 줄을 몰랐다.

오늘 아침 무림맹의 주요 전력 이만 여 명이 맹을 떠났다.

현재 남아 있는 건 총군사 제갈민을 비롯한 후방 인력뿐.

마교의 입장에서는 무림맹을 습격하기에 최적의 상황이다.

"다들 무기 드세요, 지금 당장 천무문으로 갑니다. 당장!"

남궁혁은 그렇게 말하고 먼저 신형을 날렸다.

제 일 대는 조금 당황했지만 대주가 먼저 남궁혁을 뒤따르자 일사정연하게 몸을 날렸다.

'젠장, 설마 빈 무림맹을 칠 줄이야!'

남궁혁은 이를 악물었다. 이제는 마교에 뒤통수를 맞는

것도 신물이 났다.

제갈민이 운용하는 첩보 부대에 대해서는 남궁혁도 알고 있었다. 이를 어떻게 움직이느냐가 삼분지계의 주요 전략 중 하나였으니까.

그들은 어제 새벽, 수뇌부 회의가 끝나자마자 제갈민의 명령을 받고 제단의 위치를 확인하기 위해 각지로 떠났다.

그 오십 여 명이 지금 동시에 돌아올 리가 없었다.

그렇다면 이들의 정체는 하나, 마교였다.

다른 정보 부대가 있다 해도 오십 명이라는 숫자는 너무 많다.

주력이 빠져나간 무림맹을 접수하는 건 그리 어려운 일이 아니다.

초특급 고수로 이루어진 별동대라면 능히 할 수 있는 일이었다.

이들이 노리는 것은 정도 무림 전체의 불안감이리라.

후방이 공격당하고, 제갈민을 비롯한 전략부가 와해되고, 마교를 막는 하나의 상징으로서의 무림맹이 몰락한다는 것.

그건 정도 무림 전체에 큰 충격을 주기에 충분했다.

검을 들고 오지 않은 게 안타까웠다.

그저 천무십이대와 얼굴을 익힐 생각이라 천신이검은 물론이고 평소 쓰던 검도 그의 수중에 없었다.

잠입한 자들이 만에 하나라도 천신이검의 존재를 눈치 채고 이를 가져가 버린다면…….

『대주. 인원을 나눠 주세요. 삼분지 일은 나를 따르고, 대주는 나머지를 이끌고 총군사의 집무실로 가 주길 바랍니다. 발이 빠른 열 명은 아직 맹 내에 남아 있는 부대에게 이 사실을 알려요.』

『알겠습니다, 그런데…… 뭘 말입니까?』

대주는 얼떨떨하게 되물었다.

남궁혁의 급박한 모습에 이의를 제기하지 않고 따라왔지만 아직 상황 판단이 제대로 되지 않은 모습이었다.

『마교가 무림맹을 침입했다고요!』

＊　　　＊　　　＊

천무십이대를 반으로 나눈 후, 남궁혁은 곧바로 병기당을 향해 달려갔다.

병기당은 고요했다. 문 너머에서 밤늦게까지 작업을 하는 장인들의 망치 소리만 간간이 들려올 뿐이었다.

"여기서 잠깐 기다려요."

남궁혁은 신도 벗지 않고 처소 안으로 들어갔다.

열을 맞춰 걸어 둔 검들 중 천신이검이 눈에 들어왔다.

다행이었다. 놈들이 천신이검의 기운 같은 걸 느끼고 쳐들어온 건 아닌 모양이었다.

어제 주아흔이 쥐었을 때 잠시 기운을 발산한 게 내내 마음에 걸렸던 탓이었다.

남궁혁은 천신이검을 챙기고, 평소에 쓰던 검도 챙겼다. 그리고 밖으로 나왔다.

그때 어디선가 찢어지는 것 같은 비명 소리가 들려왔다. 무림맹 전체가 웅성거리기 시작했음이 느껴졌다.

"시작됐군."

"꽤 많은 냄새가 총군사 집무실로 가고 있구먼요. 너무 걱정하지 않아도 될 거 같은데요."

남궁혁을 따라온 호걸대가 코를 킁킁대더니 말했다.

그렇게 말하면서도 그 또한 심각한 표정이었다.

남궁혁은 크게 심호흡을 하고 현 상황을 머릿속에 정리했다.

무림맹에 남아 있는 부대는 약 삼천.

하지만 그 삼천이 전부 총군사 집무실로 향할 수는 없다.

집무실 앞의 면적이 삼천 명을 수용할 수준이 아니니까.

그렇다면 엄선된 정예만 그 안으로 향할 것이다. 각 대의 대주, 부대주라거나.

그러면 초절정의 고수가 서른에서 마흔 사이. 그리고 먼저 가 있는 제 일 대. 다 해서 백여 명이다.

　승산이 있을까?

　남궁혁은 고개를 저었다.

　지금까지 마교의 행보를 생각해 보면 절대 아니었다.

　맹에 남아 있는 얼마 안 되는 고수들을 일거에 제압할 수 있는 무력을 편성해 보냈을 게 분명했다.

　필패다.

　"다 나를 따라오세요."

　"예, 당주!"

　고민이 끝나자 남궁혁의 발이 빨라졌다. 그의 뒤를 따르는 제 일 대도 그랬다.

　그런데 그들의 얼굴에 의아함이 흘렀다.

　총군사의 집무실로 가서 먼저 간 이들을 지원할 줄 알았는데, 정 반대인 지무문 쪽으로 얼마 안 가 발을 멈춘 것이다.

　설마 도망치는 건가? 그런 생각이 제 일 대의 머릿속에 감돌려고 했는데, 갑자기 건물에서 사람들이 우르르 쏟아져 나왔다.

　호걸대에도 뒤지지 않을 덩치와 큰 손. 고된 노동을 마치고 이제 막 잠이 들려고 했던 병기당의 장인들이었다.

　"당주, 갑자기 무슨 일이오? 이 밤중에 전음을 다 보내고……."

병기당 보급창을 이끌고 있는 적도가 의아한 눈으로 남궁혁에게 물었다.

그는 마침 잠자리에 누웠던 참이었다.

그랬는데 갑자기 머릿속에 남궁혁이 당장 밖으로 나오라고 전음을 보내 놀라 뛰어나온 것이다.

병기당주로 일하는 얼마간 동안 남궁혁은 웬만해선 적도에게 전음을 보내지 않았다.

무림인도 아닌 적도에게 전음만으로 의사소통을 하면 남궁혁만 말하고 적도는 듣기만 하는 꽤 불공평한 의사소통이 되지 않겠는가.

정말 급한 일이라 적도를 서둘러 부를 때나, 남들이 들으면 안 되는 병기당의 기밀이 아닌 이상 전음을 보내지 않았다. 그런데 이런 늦은 밤에 전음이라니, 분명 급한 일이 틀림없다.

헌데 주변을 보니 남궁혁이 전음을 보낸 것이 자신 만은 아닌 모양이었다.

"비상입니다. 당장 보급창 전체에 불을 지르세요."

"예?"

"당주, 그게 무슨 말입니까?!"

갑작스러운 명령에 장인들이 전부 놀랐다.

보급창에 있는 무기들은 그들의 피와 땀이 어린 물건들

이었다. 거기에 불을 지르라니?

게다가 보급창에는 무기만 있는 게 아니었다.

병기당의 소관이 아니지만, 맹이 보유하고 있는 식량의 삼분지 이, 중상급 영약까지 연결된 창고에서 보관하고 있었다.

보급창에 불을 지른다면 그것들도 당연히 다 타 버리리라.

"마교가 침입했습니다. 맹을 버려야 할 겁니다. 서두르세요."

남궁혁의 말에 모두의 안색이 창백해졌다.

총군사 집무실에서 들려오는 비명과 병장기 소리는 이제 무공을 익히지 않은 그들도 들을 수 있을 정도로 요란해지고 있었다.

"호걸대. 이십 명을 줄 테니 이들과 불을 지르고, 함께 도주해요. 할 수 있다면 가는 길에 있는 민간인도 구해서 데리고 가고. 우리도 최대한 많은 아군을 구해서 도망칠 테니 며칠 후에 우리를 찾아와요. 할 수 있죠?"

"물론입니다요, 당주."

남궁혁은 호걸대에게 탈출 임무를 맡겼다.

오십 여 명이 쳐들어온 거지만 주변에 얼마나 많은 이들이 맹을 포위하고 있을지 알 수 없었다.

다행이었다. 지금 남궁혁에게 무림맹 그 누구보다 지리

와 호송에 일가견이 있는 부대가 있다는 것이.

호걸대는 재빨리 스무 명을 골랐다. 적도도 상황 파악이
된 듯 장인들에게 이리저리 지시를 내렸다.

"그러면 다들 여기를 부탁합니다."

"맡겨 두시오."

"걱정 마시고 나중에 뵙시다, 당주."

호걸대와 적도가 보급창 쪽으로 향하는 것을 본 남궁혁
이 다시 몸을 돌려 신형을 날렸다.

섬뜩한 쇳소리와 비명 소리, 그리고 피 냄새가 나는 제갈
민의 총군사 집무실 방향이었다.

남은 서른 명의 제 일 대도 뒤따랐다.

다른 사람은 몰라도 제갈민은 구해야 했다.

남궁혁과 제갈가 사람들의 친분이나 곧 그곳으로 시집
갈 진하가 아니더라도, 제갈민은 맹의 두뇌였다.

지금까지 그의 계획이 계속 마교에 밀렸지만, 그마저 없
다면 무림맹은 파도 앞의 모래성처럼 속수무책으로 무너질
것이 빤했다.

솔직히 도맹건이 중간에 난리를 치지만 않았어도 이렇게
맹의 계획이 어그러지진 않았을 테니까.

총군사 집무실에 가까이 다가갈수록 병장기 소리가 요란
해졌다.

남궁혁은 천신이검의 손잡이에 자신의 손을 얹었다.

*   *   *

제갈민은 오늘도 밤새 일 처리에 여념이 없었다.

정마전쟁이 본격화된 이후로 그는 하루에 한 시진 이상을 제대로 자 본 적이 없었다.

최근 며칠은 한숨도 자지 않고 철야에 몰두했다. 그만큼 일이 많았다. 전방에서 무림맹의 무사들이 마인들을 상대하고 있다면, 제갈민은 후방에서 우박처럼 쏟아지는 서류와 서류 안에 깃들어 있는 마교의 전략을 상대해야 했다.

그는 눈을 찌푸리며 눈앞의 서류를 훑어보았다. 글자가 잘 눈에 들어오지 않았다.

지나치게 오랫동안 휴식을 취하지 않았다.

주변의 고수들에게 비할 바는 아니더라도 제법 무공을 익힌 몸인데도 그랬다.

요새 계속해서 마교에게 뒤통수를 맞는 것도 이 때문일지 모른다.

제갈민은 한숨을 내쉬었다.

주아흔이 말하기로 마교의 총군사인 마뇌는 마공을 익혔다고 했다.

그렇다면 그 또한 마신 재림으로 톡톡히 효과를 보았으리라.

최소 절정 이상의 기력이라면 자신처럼 이렇게 지치지도 않았을 터.

장기전으로 갈수록 불리해지는 싸움이었다.

무사들의 내공도, 제갈민의 지략도 휴식이 없으면 계속 닳아 버리니까 말이다.

계속된 패배도 제갈민에게 큰 충격이었다.

그의 계획은 언제나 완벽해야 했다.

하지만 마교에게 계속 뒤통수를 맞으면서 그의 자신감도, 자존심도, 그리고 계획도 모든 것이 엉망이 되었다. 늘 급급하게 상대의 패에 맞춰 전략을 짜야 했다.

속된 말로 그는 마교의 전략에 완전히 말리고 있었다.

한 번 선을 빼앗기면 상대방은 그 뒤를 따라가기 급급하다.

전략에서의 싸움이란 그런 것이다.

누가 한 수를 더 앞서 나가는가, 그것이 모든 것을 결정한다.

심지어 마교는 자신들의 패를 상당수 숨기고 있지 않던가. 제갈민이 밀릴 수밖에 없는 싸움이었다.

평소였다면 무너진 자존심에 못 이겨 총 군사 직을 사퇴

했을 것이다.

하지만 이제는 본인의 자존심이 중요한 것이 아니었다.

그가 사퇴한다고 해도 이 자리를 갑자기 맡아 원활히 해낼 수 있는 사람도 없었다. 아무리 그래도 가주를 데려올 수는 없지 않은가.

이제는 물러날 곳이 없었다.

이겨야 했다. 이기지 않으면 더 이상 정도 무림에 미래는 없었다.

그나마 마교의 일 차 목표가 진령산맥까지라는 것이 천만다행이었다.

마뇌가 진령산맥 전선을 굳히는 데 들어간다면 정도 무림은 시간을 벌 수 있다.

그때 즈음이면 황실의 혼란도 끝났을 거다.

진령산맥 이북은 황실의 땅이기도 하니 그들이 마교를 적으로 규정한다면 금위군과 힘을 합칠 수도 있다.

관이 적극적으로 식량을 풀고 흑마적을 회유하는 데 공을 들인다면 그들을 처리하는 것도 그리 어렵지 않으리라.

'근데 혹시, 이것조차 함정은 아닐까?'

워낙 많이 당하다 보니 온갖 것에 의심이 생겼다.

원래 책사란 자신의 생각에도 의심을 해야 하는 법이니까.

'만약 이것이 함정이라면…….'

제갈민의 두뇌가 바쁘게 돌아가기 시작했다.

마교는 진령산맥 쪽으로 남하하는 동시에 화산을 상대하며 자신들의 압도적인 무력을 보여 준다.

무림맹은 이를 분수령으로 여기고 대대적인 결전을 준비한다.

대규모 전면전을 미끼로 내세운다면, 본 목적은 텅 빈 성을 치는 것이다.

과거 많은 책사들이 이런 방법을 사용했다.

하지만 그건 어디까지나 민간의 전쟁이다.

무림인들에게 성은 크게 영향을 미치는 요소가 아니다. 애초에 성도 없고.

구파일방이나 사대세가가 각 성을 자신들의 영역으로 삼고 있긴 하지만 무림에서의 성은 이런 전략을 쓰는 데 적합한 느낌이 아니었다.

'설마, 무림맹을?'

제갈민은 순간 오싹한 느낌이 들었다.

회의를 소집해야겠다는 생각에 그대로 자리를 박차고 일어나자 제갈민이 앉았던 자리에 비도 다섯 개가 후두둑 떨어져 바닥에 박혔다.

자객이었다.

제갈민은 침을 꿀꺽 삼키며 벽에 걸려 있던 검을 뽑아 들었다.

제갈민을 호위하는 부대의 기척이 전혀 느껴지지 않았다. 전음을 보내도 닿지 않았다.

이미 몰살당한 것이 틀림없었다.

자객의 기척도 역시나 느껴지지 않았다.

무림맹 중추까지 들어온 이들이니 실력은 물론이요 만반의 준비를 마쳤을 것이다.

제갈민의 입이 까슬까슬하게 말라붙었다.

여기까지 몰래 들어온 것을 보면 그 누구도 제갈민이 지금 목숨의 위협을 받고 있다는 사실을 모를 것이다.

그 사실이 그들의 실력을 반증했다.

아직 출발하지 않은 무림맹의 후발부대는 오늘 다 죽음을 맞이하리라……

자신의 실력으로 그들에게 생채기나 하나 낼 수 있을까.

이어지는 공격이 있을 거라 생각해서 주의를 기울였지만, 이상하게 공격이 없었다.

오히려 밖에서 갑자기 요란한 소리가 들려오기 시작했다.

"군사! 괜찮으십니까!"

문을 벌컥 연 사람은 제갈민도 익히 아는 사람이었다.

천무십이대 제 일 대의 대주였다.

그와 오십 여 명의 무인들이 검은 흑의인 오십을 상대하고 있었다.

그뿐이 아니었다. 근처에 있던 지현대, 은무대도 집무실 앞뜰로 날아 들어오며 흑의인들의 앞에 섰다.

"아니, 대체…… 대체 어떻게……."

제갈민은 놀라 말을 더듬었다.

자신도 예측하지 못한 암습이었고, 자신의 호위 부대마 저 전멸시킨 이들이었다.

그런데 어떻게 보급을 전담하는 천무십이대의 제 일 대 가 가장 먼저 달려온 것인지 알 수 없었다.

"당주의 명이었습니다. 서두르십시오. 제 일 대의 실력으 로는 반 각도 어려울 듯합니다!"

제 일 대주의 말은 사실이었다.

그가 이끌고 온 오십 여 명은 흑의인들을 상대로 분전하 고 있었지만, 그들이 검을 한 번 휘두를 때마다 추풍낙엽처 럼 나가떨어졌다.

한 명 당 다섯 명이 상대해야 겨우 밀려나지 않을 수준이 었다.

다행히 앞뜰이 좁고, 오면서 도움을 요청한 지현대, 은무 대 등이 도와주었기에 제갈민은 서둘러 제 일 대가 막고 있 는 그 뒤로 몸을 피할 수 있었다.

『제갈민이 도주한다. 잡아라.』

누군가가 전음을 보내자 열 명의 흑의인들이 위로 신형을 날려 제 일 대와 지현대, 은무대를 뛰어넘었다.

그중 가장 발이 빠른 이가 제 일 대주를 따라 도주하던 제갈민의 위로 날아올라 도를 치켜 올렸다.

그의 도에서는 마기가 뭉게뭉게 피어올랐다.

두 눈으로 보는 것만으로도 엄청난 압박감이 느껴지는 마기!

흑의인은 제갈민의 머리를 일도양단하겠다는 듯 내리쳤다.

제갈민이 반사적으로 검을 들어 올려 막은 것은 그래도 수련을 게을리 하지 않은 덕택이었다.

하지만 그조차 무용지물이었다..

서걱—

제갈민의 검은 마치 종이 잘리듯 순식간에 잘려 나갔다.

미미하나마 검기를 담은 검이었는데!

계란으로 바위를 치는 것 같은 미미한 저항을 사정없이 짓눌러 버린 도가 제갈민의 머리를 두 조각으로 쪼개 버리려고 했을 때, 그 사이로 얇은 검면 하나가 끼어들었다.

"크윽……!"

"제 일 대주!"

제갈민이 놀라 소리 질렀다.

흑의인의 도를 막아 낸 건 제 일 대주의 검이었다.

하지만 잠시 막아 낸 것이 전부라는 걸 곧바로 눈치챈 제갈민은 서둘러 뒤를 돌아 빠르게 달리기 시작했다.

자신이 죽어서는 안 됐다. 자신이 죽는 순간 무림맹의 모든 전선이 혼란에 빠질 터였다.

부군사는 아직 젊고 무림맹의 모든 것을 파악하지 못한 상태.

그가 상황을 정비하려면 한 달은 필요할 것이다.

그 정도 시간이라면 정도 무림은 멸망하고 만다.

과연 도주할 수 있을까. 제갈민은 흘낏 뒤를 돌아보았다.

제 일 대주가 피를 흘리면서도 흑의인 하나를 붙잡아 두는 것이 보였다.

다른 이들도 화마에 뛰어드는 나방처럼 흑의인들에게 달려들었다.

상대가 안 되는 것이 빤히 보이는데도.

너무나 목적이 확고한 죽음이었다.

자신들은 이 자리에서 죽거나 불구가 되어도, 제갈민 하나는 살려 보내야 한다는 목적.

대체 누가 그런 명령을 내렸단 말인가.

뒤를 보며 달리던 제갈민의 앞에 비수 몇 개가 날아와 꽂혔다.

아까 지붕에서 떨어졌던 그 비수와 같은 것이었다.

제갈민은 발을 멈추는 수밖에 없었다.

문을 나서는 담장 위에 흑의인 셋이 앉아 있었다.

제 일 대들이 좁은 뜰 안에서 그들이 못 지나가도록 막는 사이, 담장 옆을 돌아 제갈민의 앞길을 막으러 온 모양이었다.

이제 정말 끝인가.

제갈민의 손에는 부러진 검 한 자루밖에 없었다. 자신의 일천한 실력으로는 이 자리에서 빠져나갈 수 없으리라.

'이것이 죽음의 공포라는 것인가……'

제갈민은 입이 썼다.

평생을 제갈가의 이름 아래 편하게 온갖 전략전술을 공부해 왔으나 그 많은 공부를 하고도 단 하나 체득하지 못했던 그것, 죽음에 대한 느낌을 그는 지금 뼈저리게 느끼고 있었다.

상대하는 흑의인들은 제갈민이 공포에 질린 것이 즐거운지 마기가 넘실대는 비도를 공중에 던지고 받으며 킬킬대고 있었다.

여유를 부릴 만도 했다. 제갈민은 독안에 든 쥐였다.

"이제 끝을 내 볼까?"

그중 한 명이 제갈민의 앞으로 뛰어내려오며 웃었다.

"내 조부는 지난 정마대전에서 제갈세가 전략에 휘말려 시체조차 찾을 수 없었지. 나이 마흔에 겨우 생긴 아들의 얼굴도 보지 못하고 말이다!"

흑의인이 단도를 휘둘러 제갈민이 겨우겨우 들고 있던 부러진 검을 후려쳤다.

그 힘이 얼마나 강한지 제갈민은 그대로 바닥에 내팽개쳐졌다.

"으윽……."

"우리 집안 대대로 이어져 내려온 숙원, 그리고 모든 마인들의 숙원을 이 자리에서 풀게 되겠군."

흑의인은 무릎을 굽히고 앉아 단도를 제갈민의 어깻죽지에 갖다 댔다.

"쉽게 죽을 수 있을 거라고 생각하진 마라."

날카로운 단도의 끝이 피부를 가르고, 그 안의 속살을 마구잡이로 헤집기 시작했다.

"으아아아악—!"

제갈민의 비명 소리가 어두운 하늘을 울리기 시작했다.

그만큼 고통스러워하는 소리였다.

흑의인은 잔인하게도 혈도까지 짚어 가며 제갈민이 최상의 고통을 맛보도록 손을 보았다.

결국 제갈민의 오른팔은 몸과 완전히 분리되어 버렸다.

흑의인이 이를 들고 눈앞에서 흔들다 툭 내던지자 제갈민은 그대로 기절해 버렸다. 충격이 큰 탓이었다.

"적당히 하고 정리하지. 제갈민 말고도 처리해야 할 것이 많아."

다른 흑의인이 입을 열었다.

가문의 은원 때문에 그에게 시간을 주었을 뿐, 그들의 목적은 제갈민뿐이 아니었다.

"어차피 저쪽도 다 정리되어 가는데 뭘⋯⋯."

제갈민을 고문한 흑의인이 투덜거렸다.

제 일 대는 거의 전멸이었고, 지현대와 은무대도 마찬가지였다.

제 일 대가 불러온 다른 부대들이 속속들이 날아들었지만 흑의인들은 지치지도 않고 그들을 바닥에 내팽개쳤다.

"상대가 안 되는군. 마신의 힘이란."

저 멀리서 쓰러져 가는 무림맹의 무사들을 바라보며 나머지 흑의인 하나가 중얼거렸다.

"이만 처리하고 가자."

"알았어."

흑의인이 제갈민의 머리 위에 단도의 끝을 갖다 댔다.

살려서 고문을 한다든가 정보를 얻는다든가 할 필요는 없었다.

제갈민 하나만 없애면 무림맹의 중추는 와해된다는 것이 마뇌의 생각이었다.

나머지가 아무리 열심히 노력한다고 해도, 마신의 힘을 이길 수 있는 것은 아무것도 없었다.

오로지 제갈민의 계략만이 귀찮은 요소일 뿐이었다.

"잘 가라, 조부의 원수여!"

단도가 기절한 제갈민의 머리를 푹 박아 버리기 직전, 누군가의 신형이 날아와 흑의인의 머리를 세게 걷어찼다.

"크윽……! 웬 놈이냐!"

땅바닥에 두세 번 구른 흑의인은 머리를 감싸 쥐며 외쳤다.

머리를 맞은 탓일까. 좌우에 다른 마인들이 있었는데도 아무런 제지 없이 자신을 공격했다는 사실이 무슨 뜻인지, 그는 미처 생각하지 못했다.

"총군사, 괜찮으십니까?"

흑의인을 발로 걷어차 버리고 제갈민에게 달려간 이는 남궁혁이었다.

그는 잘려 나간 제갈민의 팔을 보고 참담한 표정을 지었다.

하지만 곧바로 팔 부분을 지혈하고 그를 일으켰다. 무림맹을 점거하면서 처리해야 할 일 순위가 제갈민이었던 게 분명했다.

"도주하지 못하게 해!"

쓰러진 흑의인이 소리를 지르자 좌우에 있던 두 사람이 움직였다.

갑작스럽게 자신들의 이목을 속이고 나타난 남궁혁이 보통 실력이 아님을 가늠했는지, 두 사람은 마치 합격술을 펼치는 것처럼 자세를 잡고 남궁혁에게 덤벼들기 시작했다.

'이거 불리한데.'

척 봐도 두 흑의인의 단도에 실린 기운이 범상치 않았다.

게다가 남궁혁은 제갈민까지 부축하고 있어서 자세에 여러모로 제약이 있었다.

방어 태세를 갖추고 막아 낸다고 해도 불리한 상황이었다.

남궁혁의 불리함을 눈치챈 흑의인들이 공격을 시작했다.

한 명은 엄청난 마기를 담은 단도로 남궁혁을 밀어붙이고, 다른 한 명은 그 공격에 가세하면서 동시에 제갈민의 목을 노리는 합격이었다.

조금만 방심하면 제갈민의 목은 물론이요 남궁혁의 목도 날아갈 만한 기세였다.

'크윽……!'

남궁혁이 극도로 방어적인 태세를 취하며 막아 내고 있었지만 놈들의 실력은 보통이 아니었다.

게다가 단도에 실린 그 어마어마한 마기!

무기 파괴마저 먹히지 않을 정도로 단도를 감싼 마기는 어마어마했다.

이러다간 제갈민을 무사히 빼돌리는 것은커녕 남궁혁이 밀릴지도 몰랐다.

거기에 아까 남궁혁의 발차기에 맞아 저 멀리 나동그라졌던 녀석이 가세하고, 제 일 대를 얼추 정리한 흑의인들도 이쪽으로 달려오기 시작했다.

막대한 마기가 자신을 향해 다가오는 느낌에 심장이 오그라드는 것 같았다.

남궁혁은 욕설을 나직하게 주어 삼키곤 정신없이 자신을 향해 날아오는 단도들을 쳐 냈다.

"당주!"

"총군사를 저희에게!"

드디어 남궁혁의 뒤를 따라왔던 나머지 제 일 대가 담벼락을 넘으며 외쳤다.

시간을 지체할 수 없었기에 남궁혁이 전력으로 뛰어온 것을 이제야 따라잡은 것이다.

제 일 대에서 신법이 뛰어난 이들은 아까 다른 부대들을 부르느라 전부 보내 버렸으니까.

그들이 뛰어들며 남궁혁과 흑의인들 사이를 가로막자 조

금 살 만해졌다.

여전히 실력 차는 어마어마했지만, 발 빠른 제 일 대의 대원들이 불러온 태천태산대, 은하유성대 등 손꼽히는 정예들이 반대쪽에 도착해 있었다.

남궁혁은 제갈민을 다른 제 일 대원에게 넘기고 싸우는 데 집중했다.

흑의인들은 여전히 지치지 않았고, 이쪽도 사람들이 계속 도착하고 있긴 했지만 여전히 흑의인들에게 밀리는 형국이었다.

하지만 흑의인들은 남궁혁이 생각했던 것만큼 엄청난 실력이 아니었다.

여유를 찾은 남궁혁은 그 점이 좀 의외였다.

남궁혁이 예상했던 대로라면 그들은 이미 전멸당하고도 남았어야 했다.

아무리 텅 빈 집이라지만 이 정도로 무림맹을?

남궁혁의 눈이 가늘어졌다.

『태천태산대주!』

남궁혁이 한 사람에게 전음을 날렸다.

무림맹 인무문 밖에서 출발을 준비하다가 제 일 대에게 불려 온 이였다.

『병기당주 남궁혁입니다. 혹시 외부에도 마인들이 있습

니까?』

혹시나 해서 물은 바였다.

진령산맥이 마교의 미끼였고, 본 목적은 무림맹을 치는 것이다.

그렇게 가정하면 미끼 안의 미끼, 여기 있는 흑의인들 또한 미끼가 아닐까?

흩어져 있는 무림맹의 부대들을 한 곳에 모아 일거에 해소한다는 목적을 위해서 말이다.

물론 제갈민의 처리는 부수적인 효과고.

『예, 있습니다. 지금 부대주가 대원들을 이끌고 그들을 상대하고 있고, 저는 총군사가 위험에 빠졌다는 소식에 일부를 끌고 여기로 달려온 겁니다.』

남궁혁의 예상이 맞아떨어졌다. 그들은 지금 마인들에게 포위당하고 있는 것이다.

『그들의 실력은요?』

『삼백여 명 이상, 실력은 초절정이고 그 뒤에 뒤따르는 무리가 있음을 확인했습니다. 흑마적들인 거 같습니다.』

대체 어디서, 어떻게 이 많은 마인들이 정도 무림의 이목을 피해 무림맹까지 진격할 수 있었는지!

남궁혁은 혀를 찼다. 하지만 지금은 그런 걸 고민할 때가 아니었다.

『다들 도망쳐요!』

남궁혁이 전음을 날리자 다들 당황한 표정이 되었다. 도망치다니, 이게 무슨 말인가?

『아까 총군사가 기절하기 직전 명령권을 이양 받았습니다. 당장 제 일 대를 따라 도주하십시오!』

남궁혁은 평생 안 하던 거짓말까지 해 가며 이 자리에 있는 모든 이들에게 전음을 날렸다.

각 부대의 대주들에겐 빨리 부대로 돌아가 무림맹 지역을 벗어나고 본대와 합류하라고 전했다.

한 명이라도 더 살려 놔야 했다. 여기서 버텨 봤자 더 손해였다.

사람들이 하나둘 눈치를 보더니, 남궁혁의 말을 따라 몸을 빼기 시작했다.

그들 모두가 도망치는 것은 계산에 없었는지 흑의인들은 잠시 당황하다가 이들을 막으려 했다. 하지만 쉽지 않았다. 누군가의 검이 도망치는 이들의 등을 지키며 서 있었다.

남궁혁이었다. 그리고 그의 손에는 천신이검이 매끄러운 광채를 빛내고 있었다.

이번 무림맹 습격을 맡은 마교 태음신마대의 대주 황월량은 자신들을 단신으로 막아선 남궁혁을 보고 혀를 찼다.

무림맹 습격을 준비하며 그들은 맹 내에 남아 있는 주요 인사들의 용모파기를 확인했고 얼굴을 전부 외우고 있었다.

남궁혁도 그중 하나였다.

제갈민이 처리 대상에 들어가 있다면 남궁혁은 납치 대상에 들어가 있다는 차이가 있을 뿐이었지만.

그러니 당연히 남궁혁의 실력에 대해서도 알고 있었다.

화경의 고수를 납치한다니, 말도 안 되는 소리 같았지만 황월량은 자신이 있었다.

그의 검에서 시뻘건 마기가 피어올랐다.

지금까지와는 전혀 다른 기세였다.

아까까지는 불타오르듯 강렬하긴 했지만 그 기운은 정제되지 않았었다.

하지만 지금, 황월량과 네 명의 태음신마대원들은 극도로 정제된 마기를 각자의 무기에 두르고 있었다. 무림의 기준으로 말하자면 화경, 검강에 필적하는 기운이었다.

사실 지금까지는 숨기고 있던 힘이었다.

혹시라도 살아 도망치는 무림맹 녀석들에게 이쪽의 전력을 전부 보여 줄 필요는 없으니까 말이다.

머저리 같은 아랫것들이 제갈민을 놓치지만 않았더라도 숨겼을 힘이었다.

하지만 더는 걱정하지 않았다.

화경의 힘을 가진 다섯 명이면 당장 눈앞의 남궁혁을 제압하고 도주하는 제갈민을 잡아 죽이는 건 시간 문제였다.

황월량을 포함한 다섯 명의 마인은 한꺼번에 남궁혁에게 달려들었다.

상대의 실력에 대해선 익히 보고받은 바가 있었지만, 그는 보잘것없어 보이는 검 한 자루만 꼬나 쥐고 있을 뿐이었다.

검을 보면서 뭔가 급하게 중얼거리고 있었지만 별로 위협적이진 않았다.

그 순간, 남궁혁이 움직였다.

아니, 그가 움직였다고 생각한 것은 황월량 무리였다.

남궁혁은 한 발짝도 움직이지 않았다.

대신 그의 손에 들린 검이 현란하게 움직이기 시작했다.

다섯 명의 무기를 빠른 속도로 쳐 내는 것은 물론, 그 자리에서 위협적인 공격까지 날리기 시작했다.

물론 이 정도는 예상했다. 화경의 고수다.

자신들이 마신의 힘을 얻어 화경의 경지에 오르게 된 것과는 달리, 자신의 노력으로 그 경지에 다다른 진짜배기.

힘의 차이는 거의 나지 않을지언정 경험과 숙련도가 남다를 것이라고는 예상했다.

하지만 자신들이 힘에 있어서 밀릴 거라곤 예상하지 못했다.

『대주, 좀 이상합니다!』

대원 하나가 긴급하게 전음을 날렸다.

그들은 전부 소태 씹은 것 같은 얼굴을 하고 있었다.

말도 안 되는 일이다. 오 대 일이고, 자신들은 마신의 힘을 제한 없이 받아들이는 몸이다.

그런 그들의 마기가 밀린다고?

설마 남궁혁이 자신들도 모르는 사이에 현경의 경지에라도 이르렀단 말인가?

아니, 그건 아니었다.

눈앞에서 느껴지는 기세는 자신들도 익히 알고 있는 화경의 기세였다.

현경의 무인과도 맞닥뜨려 보았으니 확실했다. 현경의 느낌은 아니었다.

그런데도 자신들을 짓눌러 뭉개 버릴 것 같은 압도적인 기운은 대체 뭐란 말인가……!

황월량은 곧 그 이유를 알아차렸다.

남궁혁의 기운이 이렇게 느껴진다는 것은 그가 강해졌다는 뜻이 아니었다.

자신들이 약해진 것이다.

매끄러운 비늘처럼 마인들의 검을 감싸고 있던 정제된 마기는 온데간데없고, 곧이라도 꺼질 듯한 불안한 마기만이 무기를 감싸고 있었다.

마인들은 당황했다.

이런 상황은 듣도 보도 못했다. 마치 마신 재림이 있기 이전, 그들의 실력으로 돌아간 것 같았다.

그 당시 그들의 실력은 절정에서 초절정 사이.

화경의 무인을 상대로는 바람 앞의 촛불과도 같은 신세였다. 이후의 상황은 불을 보듯 빤했다.

남궁혁은 정신없이 검을 휘두르다가 이내 멈췄다.

자신의 앞을 가로막았던 다섯 명은 이미 싸우는 게 불가능한 수준이었다.

두 명은 사지 중 하나가 온전하지 못했고, 나머지 세 명은 검을 잃거나 정신을 잃었다.

남궁혁의 압승이었다.

하지만 남궁혁의 상태도 썩 좋지는 못했다.

천신이검, 이건 정말 신검이라는 말도 부족할 정도였다.

이건 괴물이었다.

힘이 필요하다는 남궁혁의 부름에 눈을 뜬 천신이검은 남궁혁의 내공을 무지막지할 정도로 잡아먹었다.

사람의 피를 빨아먹고 산다는 전설 속의 혈검인 줄 착각할 정도였다.

하지만 천신이검은 혈검과는 달랐다.

신검의 면모를 보여 주었다.

천신이검이 힘을 발휘한 순간, 남궁혁의 앞에 있던 마인들이 힘을 잃어버린 것이다.

정확히는 온몸이 따끔거릴 정도로 강대하던 그들의 마기가 순식간에 사그라졌다.

그렇게 되니 남궁혁도 그들을 상대할 만해졌다.

그리고 그 결과가 지금 남궁혁 앞에 쓰러져 있는 다섯 명의 흑의인이었다.

"휴우……."

남궁혁은 마른침을 삼켰다.

남궁혁이 그들을 상대하는 동안 다른 흑의인들은 제 일대와 제갈민을 쫓아갔다.

그들을 따라가야 했다.

하지만 그 순간, 한쪽 무릎이 꺾이는 바람에 남궁혁은 바닥에 주저앉았다. 온몸에 식은땀이 흘렀다.

'이거 몸 상태가 장난 아닌데…… 함부로 쓰면 안 되겠어.'

천신이검은 언제 그랬냐는 듯 그 기운을 갈무리한 채 평범한 검처럼 조용히 남궁혁의 손에 들려 있었다.

참으로 새침한 아가씨 같은 검이었다.

남궁혁은 천신이검을 다시 검갑에 넣고, 제 일 대가 향한 방향으로 달려가기 시작했다.

이후의 일은 그리 어렵지 않았다.

제 일 대원 한 명이 남궁혁을 기다리고 있었다.

그는 제 일 대가 도주한 샛길로 남궁혁을 안내했다.

다행히 마인들을 따돌렸는지 추격자는 없었다.

정말로 다행이었다. 남궁혁은 더 이상 검을 휘두를 여력
이 남아 있지 않았다.

제 일 대는 샛길을 통해 무림맹의 안가로 그들을 안내했다.

맹에서 상당히 떨어진, 쇠락한 절간이었다.

한 때 방문객이 꽤 많았던 모양인지 수백의 인원을 수용
하기에는 부족함이 없었다.

제 일 대가 맹에 남아 있던 사람들을 계속 데리고 오는
동안 남궁혁은 휴식도 취하지 못하고 제갈민을 돌봤다.

오른팔이 잘려 나간 자리가 시커멓게 물들며 썩어 가고
있었다.

독이 분명했다. 거기에 심각한 출혈까지. 제갈민이 살 방
도는 없어 보였다.

"제기랄······."

남궁혁은 그답지 않게 욕설까지 주워 삼키며 제갈민의
치료에 전념했다.

치료라고 해도 별 게 없었다.

더 썩어 들어가지 않게 독에 중독된 부분을 잘라 내고,

불에 달군 검으로 지져 더 퍼지지 않게 막는 정도였다.

"당주. 이거 혹시 쓸 수 있겠소?"

멀리서 보고 있던 적도가 다가오며 품 안의 뭔가를 꺼냈다. 침과 약재였다.

"도주하는 길이니 혹시 쓸모가 있을까 싶어서."

"그 급한 와중에 이런 걸 다 챙기셨네요."

"대장간에서 사고가 많이 일어나니 이 정도는 비상용으로 챙겨 뒀소."

남궁혁이 반가운 기색으로 그가 내민 작은 주머니를 받아 들었다. 약재는 대단한 게 없었지만 지금으로서는 뭐라도 있는 게 다행이었다.

남궁혁이 제갈민의 치료에 열을 올리는 동안, 맹에 남은 다른 이들을 찾으러 갔던 천무십이대 대원들이 돌아왔다.

그들은 약 삼백여 명의 무림맹 부대를 더 끌고 돌아왔다.

넓게만 느껴지던 절 뜰 안이 순식간에 사람으로 바글바글해졌다.

대원 중 하나가 남궁혁에게 보고하기 위해 다가왔다.

"당주, 명하신 대로 부대들을 이끌고 돌아왔습니다."

"수고했어요. 무림맹 상황은 좀 어땠어요?"

"무림맹 전체가 화마에 휩싸였습니다. 중간에 벽력탄 같은 것도 터지더군요. 하마터면 저희도 무너지는 건물에 깔려 죽을 뻔했습니다."

"벽력탄?"

남궁혁의 되묻자 옆에 있던 적도가 대신 답했다.

"비상시에 보급창을 태울 경우, 연결된 벽력탄이 무림맹 전체를 터트리게 되어 있소. 지난번 병기당주가 그런 조치까진 필요 없다고 벽력탄을 파내어 팔려는 걸 내가 결사적으로 막았지."

남궁혁이 창고를 불태우라고 명령한 것이 벽력탄까지 터지는 결과가 된 모양이었다.

남궁혁은 모르고 한 일이었다.

이전 삶의 남궁혁이 보급창의 수장이었을 때는 창고에 연결된 벽력탄 같은 것은 없었으니까.

그런 식으로 하나하나 방비를 줄인 것이 그때의 참사로 이어졌던 거구나 싶었다.

"아마 마인들 중 절반은 그 벽력탄에 터져 죽거나 흙더미에 질식해 버렸을 겁니다. 제 속이 다 시원하더군요. 맹이타 버린 건 좀 아쉽지만……."

대원은 말을 흐렸다.

무림맹이 불타 버렸다는 말에 주변의 다른 이들도 침울한 표정을 지었다.

무림맹에서 적게는 몇 년, 길게는 반평생 이상을 보낸 이들이었을 테니까.

그들에게 무림맹은 집이나 다름없는 곳.

그런 곳이 타 버린 심적 충격은 이루 말로 할 수 없으리라.

"그래도 맹의 재산이나 정보가 마교에게 넘어가지는 않겠군요. 크윽⋯⋯."

"총군사!"

"정신이 드십니까?"

남궁혁이 서둘러 제갈민의 맥을 짚었다.

정신 상태를 나타내는 맥이 거의 잡히지 않는 심맥이었지만, 그래도 신체의 다른 부분은 심각하지 않은 편이었다.

제갈민은 잘려 나간 자신의 오른팔을 보고 잠시 말을 잊었다가 입을 열었다. 엄청난 정신력이었다.

"우선 어떻게 된 상황인지 얘기를 듣고 싶군요, 병기당주. 나를 구하라고 제 일 대에게 명령을 내린 것이 당주였습니까?"

"예. 그렇습니다. 어떻게 된 일이냐면⋯⋯."

남궁혁은 자초지종을 설명했다.

제 일 대를 만나러 갔다가 호걸대의 능력 덕분에 오십 여명의 침입자가 있다는 걸 알게 되었다는 것.

그들이 제갈민을 노리고 있다는 걸 파악한 후 보급창에 불을 지르고 제갈민을 구하고, 무림맹을 포위한 마인들 손에서 나머지 부대들을 빠르게 구해 낸 등등을 쭉 늘어놓았다.

제갈민은 창백한 얼굴로 남궁혁의 설명을 쭉 듣다가 입을 열었다.

"그렇게 된 거었군요…… 예전부터 늘 의아했습니다. 총명하기라면 누구에게도 뒤지지 않는 내 조카딸이 어째서 당주 같은 한미한 가문의, 물론 지금은 아닙니다만, 그때만하더라도 당주보다 훨씬 좋은 조건의 사람들이 많았는데 왜당주의 책사가 되기로 마음을 먹었는지 말입니다."

"칭찬해 주서서 감사합니다. 하지만 제 능력은 여기까지예요. 앞으로 어떻게 해야 할지는 총군사께서 일러 주셔야합니다."

남궁혁의 말에 제갈민은 조금 놀란 눈이었다.

보통 이렇게까지 공을 세우고 인정을 받으면 앞으로 자신만 믿으라는 등 자신만만한 소리를 내뱉곤 하는 것이 무림인의 기본적인 생리다.

역시 제갈화영이 밑으로 들어갈 만한 사람이었다.

주변의 말을 듣고 믿어 주는 사람이야말로 충성을 바칠만한 가치가 있는 것이다. 자신도 젊었다면 제갈화영과 함께 남궁혁을 택했을지도 모른다.

어쨌든 중요한 건 지금 당장의 상황이었다.

제갈민은 창백한 이마를 찌푸리곤 생각에 잠겼다.

"우선, 본대와 세가에 연락을 취해야 할 것 같습니다. 맹이 점거됐다는 소식을 알려야지요."

"무슨 방법이 있을까요?"

남궁혁은 제갈민의 남은 왼팔에 침을 몇 개 더 꽂으며 물었다. 남궁혁 자신도 의학에 꽤 지식이 있었지만 이 정도 중상은 응급처치 이상 할 수 있는 게 없었다. 어서 어디든 연락이 닿아야 했다.

"제 본가가 움직일 겁니다."

"제갈세가가요?"

"제갈가가 괜히 책략과 지략의 상징이 아니지요. 아마 지금쯤 제갈가의 정보원이 본가로 맹에 있었던 사건에 대해 알리러 갔을 겁니다."

말하면서도 제갈민의 눈은 점점 흐려지기 시작했다. 남궁혁은 서둘러 맥을 일부 주물렀다.

"하지만 그들이 저희를 찾아올 수 있을까요?"

"그건 문제없습니다. 제갈세가의 이름을 믿으시……."

그렇게 말하고 제갈민은 고개를 툭 떨궜다. 남궁혁이 놀라 코 밑에 손가락을 갖다 댔다. 다행히 숨을 쉬고 있었다.

第四章

반격

추적추적 비가 오기 시작했다.

남궁혁은 산등성이에 올라 흐릿하게 보이는 무림맹 쪽을 바라보았다.

벽력탄까지 더해진 화마는 몇 날 며칠을 타올랐는 데도 쉽게 꺼지지 않았다.

듣자 하니 보급창과 연결된 창고 한쪽에는 높은 순도의 기름까지 있었다고 하던가.

그러니 비가 오는 데도 불길이 그칠 줄을 모르는 것이리라.

그 모습을 보는 남궁혁의 속은 다소 쓰라렸다. 불타는 무림맹.

그것은 남궁혁의 이전 삶의 기억을 계속해서 자극했다.

하지만 흔들리지 않을 수 있는 건 그가 살아 있고, 수많은 사람들이 살아 있기 때문이었다.

무림맹의 건물들은 타 버렸을지언정 맹의 전력은 아직 눈을 시퍼렇게 빛내며 살아 있다…….

남궁혁은 도롱이를 깊게 눌러쓰고 다시 산을 내려가기 시작했다.

마교가 어디까지 정찰을 나오고 있을지 알 수 없는 노릇이었다. 이럴 때는 일반인처럼 내공을 쓰지 않고 산을 내려가는 수밖에.

그냥 걸어서 지금 머무르고 있는 안가까지 가려면 반나절이 소요되겠지만, 적당한 지점부터는 신법을 쓸 수 있을 테니 괜찮았다. 이렇게 산을 내려가자 어릴 때의 기분도 나고.

며칠 간 몇 가지 변화가 있었다.

민간인을 데리고 대피한 호걸대가 찾아왔고, 그는 한 곳에만 계속 머무르면 위험하다는 의견을 내었다.

때문에 다른 안가로 이동하는 데 며칠이 소요됐다.

마인들이 추격할까 봐 걱정됐지만 그들도 무림맹을 뒤덮은 불길에 놀랐는지, 아니면 도주하는 이들은 내버려 두라 명을 받은 건지 쫓아오지는 않았다.

새로 옮긴 안가는 한 때 대단한 석학이 과거 시험을 위해

유생들을 가르치던 곳으로, 지금은 두 명의 관리인만 남아 낙엽을 쓸고 있었다.

그 규모가 엄청나게 커 무림맹에서 대피한 수백 명의 사람들을 넉넉히 수용할 수 있을 정도였다.

제갈민은 여전히 정신이 오락가락했다. 하루에 두세 번 정신이 들었다.

코가 좋은 호걸대가 산을 뒤지며 약재를 캐던 중 중하급 영초를 하나 찾은 덕분에 그래도 상태가 호전되고 있는 중이었다.

제갈민이 말한 제갈세가의 움직임은 아직 보이지 않았다.

남궁혁은 불안했다.

혹시 예전 안가로 간 건 아닐까, 그래서 우리를 못 찾고 있는 것은 아닐까.

연락이 안 닿는 사이 본대가 격파당하고 도무지 손도 쓸 수 없는 방향으로 가고 있는 건 아닐까.

세가는, 내 사람들은 어떻게 됐을까…….

도롱이로 얼굴을 가리고 한참을 걸어 내려가던 남궁혁의 신형이 이내 순식간에 앞으로 내달리기 시작했다.

이 부근은 확실히 마교의 감시가 없음을 확인했기 때문이었다.

그렇게 한참을 달려 쇠락한 서원을 향해 가던 남궁혁의

눈에 특이한 것이 보였다.

한 마리의 매였다.

전서응인가 하기엔 그 색이 너무나 독특했다.

창공의 색. 짙은 푸른빛의 그 매는 일반인의 눈에는 잘 보이지도 않을 정도로 높게 떠 있었다.

하지만 남궁혁은 그 매가 서원의 위에서 빙글빙글 돌고 있다는 사실을 알 수 있었다.

뭔가 문제가 생긴 건가? 남궁혁의 표정이 심각해졌다.

마침 남궁혁의 눈앞에 서원을 향해 달려가는 수 명의 신형이 보였다.

얼굴을 손수건으로 가린 것은 수상쩍었지만 마인은 아닌 것 같았다.

그렇다면 우리 편인가?

무리 중 가장 앞서서 달려가고 있는 한 명은 성인 남성이라고 하기엔 조금 작았다. 어쩐지 낯이 익은 것도 같았다.

"누구냐!"

일단의 무리가 남궁혁의 접근을 알아차렸는지 멈춰 서 검을 뽑았다.

그리고 경계심 어린 눈빛으로 남궁혁을 바라보았다.

남궁혁도 검을 뽑았다. 하지만 무리 중 한 명이 남궁혁을 알아보는 것이 더욱 빨랐다.

"어? 사부님!"

무리 중 몸집이 작은 이가 손수건을 내리고 남궁혁을 불렀다.

사부님이라고, 아주 오랫동안 들어온 익숙한 목소리로 말이다.

"……진하? 네가 대체 왜 여기에?"

갑작스레 나타난 진하의 얼굴에 남궁혁은 놀라면서 동시에 안도했다.

오랜만에 가족을 만났다는 사실이 가져다주는 안도였다.

두 사람이 서로를 확인하자 나머지도 검을 다시 집어넣었다.

진하는 하늘을 가리키며 말했다.

"창응을 따라왔어요. 저기 떠 있는 매요. 제갈세가의 매예요."

"제갈세가의?"

남궁혁은 처음 무림맹을 빠져나와 제갈민이 정신을 잃기 전 했던 말이 떠올랐다.

제갈세가를 믿어 보라는 얘기 말이다. 그 말이 이런 뜻이었나.

"지난번에 사부님하고 헤어져서 제갈세가로 간 직후에 흑마적이 창궐했잖아요. 제갈가의 어른들께서 흑마적이 가라앉으면 가라고 하셔서 계속 제갈세가에 있었거든요. 그러다가 정마대전이 벌어져서 계속 있었지 뭐예요. 그러다가 무림맹이 불타 버렸다는 소리를 듣고 제갈가가 엄청 바빠졌어요. 그리고 사부님이 시삼촌을 모셔 갔다는 정보가 들어와서 제가 온 거예요. 창응은 제갈세가의 주요 인물을 추적할 수 있는 훈련을 받아 왔거든요."

남궁혁은 진하, 그리고 제갈세가의 인물들과 함께 서원으로 향하면서 어떻게 그녀가 여기 오게 되었는지에 대한 설명을 쭉 들었다.

창응은 원래 제갈세가의 사람이 아니면 말을 듣지 않는데, 아직 혼례도 올리지 않은 진하를 잘 따라서 제갈가 어른들을 깜짝 놀라게 했다는 흐뭇한 얘기도 함께였다.

서원으로 돌아온 그들은 곧바로 제갈민이 누워 있는 방으로 향했다.

상태가 호전되는 중이었지만 여전히 창백한 얼굴로 누워 있는 모습에 제갈가 사람들 모두 침통함을 금치 못했다.

오른팔이 사라졌다는 말에는 다들 침음을 삼켰다.

"혹시 몰라서 챙겨온 영약이 있어요."

진하가 품 안에서 고급스러운 상자 하나를 꺼냈다.

상자를 열자마자 상쾌한 향이 퍼지는 걸로 보아 상당히 고급 단약인 모양이었다.

저런 걸 진하에게 맡기다니. 제갈가 사람들이 어지간히 진하를 좋게 본 모양이었다.

남궁혁은 진하를 도와 제갈민이 영약을 섭취하는 것을 돕고, 다른 조용한 방으로 자리를 옮겼다.

진하는 품 안에서 몇 개의 서찰을 꺼내 내밀었다.

"하나는 제갈 가주님의 서신이고, 하나는 화영 언니 거예요."

"군사가?"

"네. 지남단이 마교의 경계를 뚫고 연락을 전했어요. 세가는 무사하대요."

남궁혁은 놀라 제갈화영의 서신부터 먼저 뜯어 보았다.

정말 첫 마디가 '세가는 무사하니 걱정하지 마시어요.'로 시작했다.

제갈화영의 서신에 따르면 신기하게도 마교는 세가를 포위하고 있을 뿐 별다른 공세를 취하지 않고 있다고 했다.

다행히 비축해 둔 식량도 많고, 다친 이도 그렇게 많지 않아서 버틸 만하단다.

제갈화영의 서신 뒤에는 기린대 대주 양명이 보낸 서찰도 있었다.

제갈화영이 보낸 것에 비해 짧고 간단했다.

자신들이 세가를 지키고 있으니 걱정하지 말라는 내용이

었다.

그리고 그 뒤에는 민도영의 것……. 남궁혁은 그것은 쓱 훑어보고는 다시 접어 소매에 넣었다.

역시나 세가는 무사하다는 내용으로 시작해 남궁혁에 대한 걱정과 그리움으로 가득 찬 편지는 혼자 있을 때 보는 것이 나을 것 같았다.

그리고 남궁혁은 다시 제갈화영과 제갈가주의 서신으로 돌아갔다.

"흐음…… 각개격파라."

제갈가주의 서신에는 앞으로 어떤 전략을 취할 생각인지에 대해 적혀 있었다.

무림맹이 타오르고 난 직후, 마교는 화산을 전력으로 밀어붙여 그들을 소화산 밑으로 밀어냈다.

그리고 현재는 전선을 구축하며 소강상태에 있다고 한다. 제갈가주는 마교가 화산과의 전면전으로 전력이 꽤 줄었다는 점을 지적하며, 그들만으로 진령산맥 전선을 전부 막기란 꽤 어려울 거라 강조했다.

즉, 요소요소를 막기 위해 흩어진 마인들을 셋으로 갈라진 무림맹의 본대가 하나씩 격파하여 수적 우위를 차지하겠다는 말이었다.

산맥 이남의 흑마적들이 이에 가세하면 굉장히 골치 아

파질 것이 빤하므로, 이들을 막기 위해서 별동대의 활약도 중요하다고 적었다.

남궁혁에게는 살아남은 이들을 이끌고 별동대의 역할을 해 달라고 적혀 있었다.

남궁혁이 생각해도 나쁘지 않은 방법이었다. 그런데 궁금한 점이 하나 있었다.

"진하야. 혹시 본대가 출발하면서 마교의 제단을 부수기로 한 건 어떻게 됐는지 아니?"

"아, 그게요……."

진하가 이런 기밀까지 알까 싶긴 했지만 혹시나 해서 물어본 것인데, 진하는 우물쭈물하다가 입을 열었다.

"제단 두 개를 부수는 데 성공했다고 해요. 하지만 별다른 점은 없었어요. 마인들의 힘이 다시 약해지는 일도 없었고…… 제갈가주께선 천마신녀가 이중 첩자가 아닐까 의심하고 계세요."

"주 소저가?"

남궁혁이 침음을 삼켰다.

정황상 충분히 그렇게 생각할 수 있었다.

주아흔은 제단을 부수면 마신의 힘이 이 세상에서 사라지고, 마인들은 다시 예전의 상태로 돌아간다고 했다.

하지만 제단을 부숴도 아무 일이 없다니, 그렇다면 그녀가 잘못된 정보를 준 게 아닌가.

그게 아니라면 주아흔도 모르는 뭔가 다른 비밀이 있거나 말이다.

남궁혁은 잠시 생각에 잠겼다.

아무리 그래도 주아흔이 이중첩자라는 말에는 쉽게 동의할 수 없었다.

그녀의 도주를 도운 것이 자신이라는 이유나 팽천룡의 연심 때문이 아니라, 천신이검과 관련된 일 때문이었다.

만약 그녀가 진짜 이중 첩자였다면, 천신이검의 존재를 마교에 알렸으리라.

그렇다면 무림맹에 잠입한 이들은 제갈민이 아니라 천신이검부터 노렸어야 정상이었다.

주아흔은 그게 어디 있는지도 아니까.

하지만 상황이 이래서야 주아흔을 변호하기도 쉽지 않았다.

"사부님?"

진하가 생각에 잠겨 있는 남궁혁에게 조심스레 말을 걸었다.

자신을 염려하는 듯한 목소리에 남궁혁은 조금 마음이 풀렸다.

그래, 그걸 고민해 봤자 지금은 어쩔 도리가 없었다. 주아흔은 자무군주가 잘 지키고 있을 테니까.

자신은 마교를 물리치는 일만 생각하면 될 뿐이었다.

"잠시 다른 생각을 하느라. 여기까지 오느라 수고가 많았다. 진하도 이제 어엿한 어른이구나."

"에이, 사부님도. 아직 한참 멀었어요."

"이 서찰에는 총군사의 거취에 대해 적혀 있지 않은데, 어떻게 할 생각이야? 내가 별동대를 이끈다면 아직 몸이 성치 않은 총군사를 모시고 다니기 힘들 거 같은데."

"안 그래도 저희가 모셔 가려고요. 이미 다 계획이 짜여 있어요. 시삼촌께서 거동할 수 있을 정도로 회복하시면 바로 움직일 거예요."

"그래. 그분은 너에게 맡기마. 아주 든든한걸."

"저만 믿으세요."

진하가 해맑게 웃었다.

*   *   *

이틀 뒤, 제갈민이 눈을 떴다. 몸의 활력도 놀라울 정도로 회복되었다. 제갈세가가 보낸 단약이 엄청난 효과가 있었던 모양이었다.

제갈민은 그대로 진하와 제갈세가 사람들에 의해 안가로

떠났다.

그곳에 제갈가의 명의가 기다리고 있다고 하니 곧 치료를 받고 일선으로 합류할 수 있을 것이다.

남궁혁은 남아서 남은 자들을 분류했다.

제 일 대는 백여명 중 칠십여 명이 살아남았다.

대주는 죽음을 면치 못했지만 다행히 천무십이대의 모든 것을 속속들이 알고 있는 부대주 권율이 살아 있었다.

제 일 대 칠십여 명과 권율이 남궁혁이 가진 전부는 아니었다.

지현대, 은무대 등 제 일 대가 살려 대피시킨 무림맹의 부대원이 삼백여 명이 넘었다.

이들 대부분은 대주 등이 죽음을 맞이했고, 자신들만으로는 어떻게 할 방도가 없었다.

따라서 자연스럽게 이 자리에서 가장 높은 지위와 실력을 가진 남궁혁을 따르게 되었다.

즉, 사백 명 정도의 부대가 남궁혁 밑에 들어온 것이다.

실력은 각기 천차만별이었다.

초절정의 실력을 보유한 자부터 제대로 검기를 구사하지 못하는 이들까지 다양했다.

각 부대의 성격이 다르니 어쩔 수 없는 노릇이었다.

남궁혁은 이들 중 백여 명 정도를 차출해 민간인과 보급창의 장인들을 안전한 곳으로 대피, 정착시키라 명령했다.

앞으로의 위험한 싸움에서 쉽게 목숨을 잃을 수 있는 절정 이하의 무인들을 추려낼 겸 겸사겸사 진행된 일이었다.

그러자 진짜 실력이 있는 삼백여 명만 남궁혁의 휘하에 남게 되었다.

이제 이 삼백으로 전선에 유의미한 변화를 만들 수 있는 활약을 해야 할 것이다.

민간인들의 대피와 편제를 끝낸 남궁혁은 다시 방 안으로 돌아와 회의를 진행했다.

참석한 사람은 권율과 호걸대, 그리고 각 부대를 이끄는 이들 몇 명이었다.

권율은 남궁혁의 앞에 가죽으로 된 몇 장의 지도를 꺼내 놓았다.

큰 지도를 분절해 둔 것으로 맹에 있던 것처럼 자세하진 않았다.

하지만 천무십이대가 쓰는 암호가 빼곡하게 적혀 있는 상당히 가치 있는 지도였다.

"흠…… 이게 천무십이대가 주로 사용하던 보급로인가 보죠?"

과거 광산을 개발할 때부터 지도 보는 법을 공부했던 남궁혁인지라, 천무십이대만의 표시로 만들어진 지도도 알아

보는 게 어렵지 않았다.

권율은 조금 놀란 얼굴이었다. 맹의 핵심 수뇌부라고 해도 지도를 제대로 볼 줄 아는 건 전략부 사람들 외에는 거의 없었으니까.

남궁혁은 거기에다가 자신이 기억하고 있던 흑마적들의 이동 경로, 그리고 본대의 이동 경로를 그려 넣었다.

그러자 자신들이 할 일이 뚜렷이 보이기 시작했다.

"좋아요. 그러면 우리는 이렇게 움직입시다."

모두들 남궁혁의 말을 경청했다.

그의 전략은 다소 허술한 곳도 있었지만, 의표를 찌르는 신선한 부분도 있었다. 부족한 부분은 다들 머리를 짜내어 보강했다.

남궁혁의 목표는 크게 세 가지였다.

첫째, 흑마적을 궤멸하고 다시 창궐하지 않게 관리하는 것.

둘째, 흑마적들이 막고 있는 무림맹의 보급로를 다시 연결하는 동시에 흩어져 있는 천무십이대의 일원들을 뭉치게 하는 것.

셋째, 그렇게 모인 인원으로 각 무림맹 지부에 남아 있는 보급 물품을 본대에 전달하고 합류하는 것.

무림맹의 무인들은 남궁혁의 목적이 타당하다고 생각하

고 이를 따르기로 했다.

어떻게 움직일지 방략이 정해졌지만 남궁혁의 마음속에는 아직 결정되지 않은 한 가지 중요한 사안이 있었다.

누구에게 쉽게 털어놓고 논의할 수도 없는 것, 바로 천신이검에 관한 문제였다.

남궁혁이 무림맹을 빠져나올 때 큰 역할을 했던 천신이검은 다시 조용히 평범한 검처럼 행세하면서 남궁혁의 등에 메여 있었다.

하지만 이 검이 평범하지 않다는 사실을 남궁혁은 잘 알고 있었다.

이건 그냥 신검이 아니다.

무지막지하게 강한 힘이나 사람과 비슷한 지적 능력을 가졌을지도 모른다는 건 이제 놀랍지도 않았다.

천신이검은 마기를 무력화시킨다.

이게 남궁혁이 천신이검에 대해 내린 결론이었다.

물론 마기 전체를 중화시키는 건 아닌 모양이었다.

남궁혁이 상대했던 마인들의 마기가 급격하게 감퇴하긴 했지만 아주 사라지지는 않았다.

천신이검에 주입한 남궁혁의 내공이 모자랐던 탓일까?

아니면 원래 어느 정도까지만 마기를 사라지게 하는 효과가 있었던 걸까?

확인해야 할 바는 그거 말고도 많았다.

천신이검이 힘을 발휘했을 경우 미치는 영향력이 어디까지인지도 제대로 확인하지 못했다.

마인들을 피해 도주했던 제 일 대는 상대하던 마인들의 힘이 약해졌다는 느낌은 받은 적이 없다고 했다.

그렇다면 남궁혁의 앞에 있는 이들만 천신이검의 영향을 받았다는 소리다.

이 또한 남궁혁의 내공이 부족해서일 수도 있었다.

혼자 이리저리 머리를 굴리며 고민한 끝에 몇 가지 결론이 나왔다.

하나는 남궁혁보다 실력이 뛰어난 이가 있어야 천신이검의 진면모를 알 수 있다는 점이고, 또 다른 하나는 이 검은 정말 특별한 순간에 써야 한다는 것이었다.

천신이검이 소모하는 내공이 정말 막대한지라 아무데나 남발할 수도 없긴 하지만, 이런 게 있다는 사실을 괜히 마교에게 들켜 봤자 좋을 게 없었다.

정말 중요한 국면에서, 진짜 어쩔 도리 없는 강대한 이를 상대할 때 천신이검을 사용해야 큰 성과를 거둘 수 있으리라.

그런 상황이 온다면 대체 누구에게 천신이검을 맡길 것인가.

강한 자는 많지만 믿을 자는 몇 없었다.

남궁혁은 한숨을 내쉬었다.

언젠가 그런 날이 닥치면 믿지 못하는 사람에게라도 검을 내주어야 하리라.

그렇게 생각하며 남궁혁은 천신이검을 갈무리했다.

＊　　　＊　　　＊

사천 북동부 무림맹 지부는 큰 곤경에 빠져 있었다. 그 이유는 당연히 마교 때문이었다.

이곳은 원래 마교가 있는 화염산에서 중원으로 들어오는 경로 중 하나였다.

경로 중에서도 가장 길고 험난한지라 이쪽으로 쳐들어올 거라는 예상을 거의 하지 않긴 했지만 그래도 나름의 방비는 갖추고 있었다.

하지만 설마 삼만에 달하는 어마어마한 숫자의 흑마적들이 몰려들 줄은 몰랐다.

사천성은 기본적으로 험준한 땅이다. 가파른 지형에 농사를 짓는 것은 쉬운 일이 아니다.

그나마 습윤 온화한 기후와 넉넉한 비 덕분에 적은 면적의 농지에도 그럭저럭 먹고살 수 있었지만, 지금은 아니었다.

몇 년이나 이어진 지독한 가뭄은 사천도 예외가 아니었다.

그렇게 쌓인 불만이 바로 흑마적이라는 무시무시한 악몽으로 나타난 것이다.

사천성에는 두 개의 무림맹 지부가 있었는데, 하나는 지금 곤경에 처한 북동쪽이요, 다른 하나는 남서쪽사천당가가 있는 당가타 주변에 있었다.

이 두 개의 사천 지부들은 그렇게 규모가 크지 않았다.

여기서 말하는 규모라는 것은 지부에 배속된 무인들의 실력을 말하는 것이다.

왜냐, 주변에 강대한 힘을 가진 우리 편이 있으니까.

남서 지부는 말할 것도 없었다. 그들은 바로 옆에 사천당가가 있었다.

당가타에서 당가의 이름은 황실보다 높았다.

그런 당가가 비호하는 무림맹 지부의 기분을 거스를 수 있는 것은 아무것도 없었다.

반대로 북동쪽은, 당가의 영향력이 다소 미치는 지역인 것도 있었지만, 뭣보다 무림맹 본부가 가까웠다.

사실상 지부라고 하기보다는 맹까지 수송하기 힘든 부피가 큰 재물들, 주로 곡식이나 천 등을 보관하는 곳이나 다름없었다.

그러니 이곳에 흑마적들이 들이닥친 것은 당연한 일이었고, 무림맹 본산만 믿고 있던 북동 지부가 크게 타격을 받은 것도 그리 이상한 일은 아니었다.

"대체 어떻게 해야 할지 말들 좀 해 보게."

지친 얼굴의 지부장이 자리에 털썩 앉으며 말을 내뱉었다.

그리 작지 않은 북동 지부 회의실에는 지부장 외에도 북동 지부의 인사들 몇몇이 자리해 있었다.

그들 모두 연이은 흑마적의 침입에 잠을 이루지 못하고 초췌한 얼굴이었다.

지부장이 한숨을 내쉬었다. 하긴 이들이 제갈세가의 사람도 아니고, 뛰어난 생각이 척척 나올 리가 없었다. 더군다나 이렇게 피곤한 상태에서 말이다.

이제 버티는 것은 불가능할지도 모른다.

무림맹 본산이 불타올랐다는 소리가 들렸고, 본대는 진령산맥에 자리 잡은 마교 본대를 상대하는 데 총력을 기울이고 있었다.

군량이며 온갖 재물이 쌓여 있는 북동 지부지만 당장 일전을 벌이는 데 필요한 물건들은 아니었다.

무림의 전쟁은 관의 전쟁과 다르니까.

"이럴 바엔 차라리 창고를 풀어 사람들이나 넉넉히 먹여 버릴까?"

지부장의 농담 같은 소리에 몇몇 사람이 피식 웃었다.

흑마적에게 빼앗길 바엔 그간 인연을 맺어 왔던 주변의

민간인들에게 뿌려 버리자는 말이었다.

하지만 그들의 웃음에는 비장함이 감돌았다.

창고를 지키는 것이 그들의 목적이었는데 이제 창고를 푼다.

그렇다면 그들이 어떻게 하겠다는 건가.

이 자리에서 전멸을 각오한 채 한 놈이라도 더 베고 죽겠다는 뜻이었다.

모두들 지부장의 말에 담긴 의도를 알았기에 장내는 조용해졌다.

그 가운데 누군가 박수를 쳤다.

하지만 탁상 위의 그 누구도 박수를 치고 있진 않았다.

지부장이 놀란 눈으로 두리번거렸다.

박수는 밖에서 들려오고 있었다.

그리고 문이 열렸다.

"훌륭한 생각입니다, 북동 지부장."

"누구……?"

지부장은 갑자기 문을 열고 나타난 청년을 보며 긴장했다.

얼굴은 선량해 보였지만 그의 손에는 검이 들려 있었고 아직 마르지 않은 피 냄새가 났다. 열린 문 뒤로는 수백의 사람들이 보였다.

이 일대는 전부 흑마적에게 둘러 싸여 개미 새끼 한 마리도 진입하지 못 할 텐데.

대체 이들은 누구지? 마교 놈들의 정예 부대인가?

지부장의 생각이 빠르게 돌아갔다.

하지만 그가 검을 뽑아 들기 전에 청년이 자기소개를 하는 것이 더욱 빨랐다.

"맹의 병기당주 남궁혁입니다. 북동 지부를 구하러 왔습니다."

"맹에서……?"

북동 지부장은 눈을 끔뻑거렸다.

지금 이 상황을 믿기 어려웠다.

방금 전까지만 해도 그는 창고를 풀고 전멸을 각오한 일전을 벌일 생각이었다.

맹에서 자신들을 구하러 올 여력도 없었고 더 이상 버틸수도 없었으니까.

그런데 갑자기 맹에서 구원군이 오다니.

"남궁혁이라는 이름을 들어 본 적은 있소. 하지만 병기당주라니. 나는 아직 그렇게 젊은 자가 당주 자리에 올랐다는얘기를 들어 본 적 없소."

지부장은 남궁혁이 정체를 밝혔음에도 경계하며 검을 빼들었다.

정마대전이 발발하기 전 병기당주가 교체되었다는 공문

을 받은 기억이 나긴 했으나 그게 남궁혁인지는 확실치 않았다.

혹 눈앞의 청년이 진짜 남궁혁이고, 그가 정말 병기당주라고 해도 의심은 쉽게 가시지 않았다.

마교가 정파 무림 주요 인물들의 얼굴을 빌어 침투해 있던 것을 발각해 낸 것이 그리 오래되지 않았다.

북동 지부와 흑마적 간의 교착 상태를 해소하려고 일부러 그런 수작을 부리는 걸 수도 있었다.

"과연 북동 지부의 장을 맡을 만하네요. 좋은 경계심이에요."

남궁혁은 별로 개의치 않았다.

지금은 전시다. 한 지부의 지부장을 맡을 정도라면 저 정도 의심은 당연했다.

그런 의심이 그를 지부장으로 만들었을 거고, 부족한 전력으로 지금까지 북동 부를 지켜왔으리라

"나는 몰라도 권율의 얼굴은 알죠? 천무십이대 제 일 대의 부대주요. 지금은 대주죠."

남궁혁은 자신의 뒤에 서 있던 권율을 앞세웠다.

권율의 얼굴을 본 지부장의 얼굴에서 조금 경계심이 흐려졌다.

당연히 권율은 잘 알고 있었다.

천무십이대는 북동 지부와 같은 지부를 오고 가며 물자를 호송하는 게 일이었으니까.

"지부장. 저 맞습니다. 안심하셔도 됩니다."

권율이 한 발짝 나서며 말하자 그제야 지부장은 검을 거뒀다.

회의실 안에 있던 이들도 안도의 한숨을 내쉬었다.

하지만 궁금한 점은 아직 남아 있었다.

"대체 어떻게 흑마적 삼만을 뚫고 여기까지 오신 겁니까?"

질문은 남궁혁을 향해 있었다. 지부장의 질문은 아까보다 훨씬 공손해져 있었다.

"그야…… 다 물리쳤으니까요?"

남궁혁은 뭘 당연한 걸 묻냐는 얼굴로 태연하게 대답했다.

다 물리쳤다니.

너무나 농담 같은 말에 지부장을 비롯한 북동 지부의 인사들이 입을 벌리고 아무 말도 하지 못했다.

하지만 눈앞에 있는 이는 맹의 병기당주고, 당주 자리에 오르려면 가문이나 인망도 중요하지만 무력이든 지략이든 그 실력이 상당해야 함을 이 자리에 있는 모두가 다 알고 있었다.

"정확히 말하자면, 그 수만을 전부 물리친 건 아니에요."

"그렇다면 대체 어떻게……?"

모두의 궁금하다는 시선이 남궁혁에게로 향했다.

"우선 좀 앉아도 될까요?"

"아, 이런 결례를. 이쪽에 와서 앉으십시오."

지부장이 벌떡 일어나 남궁혁에게 자리를 양보했다.

당주 자리가 지부장 자리보다 높으니 상석을 양보하는 건 당연한 일이었다.

그 때문에 한 명씩 자리가 줄줄 밀리게 됐고, 제일 하석에 있던 사람은 졸지에 자리에서 일어나야만 했다.

남궁혁이 상석에 앉고 권율이 그 뒤에 섰다.

북동 지부의 사람들은 그것만으로도 이상하게 마음이 편안해짐을 느꼈다.

생각해 보니 남궁혁이라는 이름을 들은 적이 있었다.

장인이나 화경의 무인으로서의 소문이 아니었다.

섬서 북쪽의 남궁장인가를 이끄는 소가주, 그가 있으면 무인들의 사기가 올라가고 모두가 공공의 목적을 위해 몸을 아끼지 않는다고 하던가.

무력이 고강하다는 소문도 아니고 그 무슨 헛소문이냐 치부했는데, 직접 남궁혁이 눈앞에 앉아 있자 소문의 그 기분을 이해할 것 같았다.

이상하게도 모든 것이 괜찮을 거 같다는 안도감이 그들의 긴장된 몸과 마음을 어루만졌다.

그렇게 누그러진 분위기 속에서 남궁혁이 입을 열었다.

"흑마적들은 무공 수련을 한 것도 아니고 군 훈련을 받은 병사도 아니에요. 그냥 농사짓던 농민들이고, 간단하게 말하면 오합지졸이죠. 힘 좋은 오합지졸."

남궁혁은 그렇게 서두를 열며 자신들이 어떻게 북동 지부로 진입할 수 있었는지를 설명했다.

맹에서 흑마적들을 제압할 때마다 자주 써먹던 전법이다.

흑마적들이 대규모 전투에 익숙하지 않고 실질적으로 주먹구구식 전투를 치른다는 점에서 착안해 그들을 교란시키는 것이다.

다행히 남궁혁이 데리고 있는 이들은 주로 호송, 호위를 도맡던 제 일 대, 맹과 다른 지부나 문파 간에 정기적인 서신을 주고받을 때 이를 나르던 은무대 등 몸을 재빠르게 쓰는 데 일가견이 있는 이들이 많았다.

그들을 이용해 마치 미꾸라지처럼 흑마적 안을 이리저리 휘젓고, 그들이 혼란에 빠졌을 즈음 흑마적을 인솔하던 상당히 강한 마인 몇 명을 해치우자 흑마적들이 알아서 겁을 집어먹고 도망쳤다는 것이다.

"마교가 남하하면서 규모가 있는 흑마적 무리마다 마인들 몇 명이 붙어 전보다 전열을 흐트러트리기 어렵긴 하지만, 반대로 그 마인들을 꺾으면 더 쉽게 와해된다는 장점도 생긴 거죠."

그 몇 명의 마인들 때문에 특히 고전을 했던 지부장은 아무 말도 못하고 남궁혁을 바라보았다.

남궁혁은 저리 쉽게 말하고 있었지만 흑마적을 이끄는 마인들의 실력은 북동 지부의 장인 그도 일대일로 승부를 장담하지 못할 정도였다.

지부장인 그도 초절정의 실력자다.

남궁혁이 그 이상의 실력을 가졌다고 하더라도 마인들은 그리 쉽게 상대할 수 있는 이들이 아니었다.

그것도 하나도 아니고 여럿이지 않았나.

남궁혁의 말에 귀를 기울이던 모두의 시선은 곧 동경과 선망으로 물들었다.

남궁혁이 그 마인들을 전부 물리칠 실력이 된다는 소리가 아닌가. 그들의 상상 속 남궁혁은 현경의 경지나 다름없었다.

남궁혁은 그 선망의 눈빛에 그저 빙긋 미소를 보냈다.

사실을 있는 그대로 털어놓을 수는 없으니까 말이다.

비결은 바로 천신이검이었다.

웬만해서는 천신이검의 힘을 쓰지 않아야겠다고 생각한 남궁혁이었지만, 오백 대 삼만의 전세를 어떻게든 유리하게 만들려면 천신이검을 쓰지 않고 배길 순 없었다.

대신 아주 조금, 약하게 썼다. 거의 검에게 애걸하다시피 해서 말이다.

바로 눈앞의 상대, 맞부딪치는 상대의 기세만 약해져도 남궁혁이 능히 이길 수 있었다.

그리고 그들을 전부 죽여 없앰으로써 마교 본대에 천신이검에 대한 소문, 즉 갑자기 마기가 사그라졌다는 소문이 돌지 않도록 뒷수습도 철저히 했다.

"그러면 이제 어떻게 하면 좋겠습니까, 당주님. 앞으로의 계획은 어떻게 되십니까? 저희도 당주님을 따라 나서겠습니다!"

흑마적의 기세에 짓눌려 얼굴마저 몇 년은 더 늙어 보였던 아까의 모습은 어디 가고, 지부장은 젊은 청년처럼 기운차게 외쳤다.

다들 남궁혁의 등장과 활약(?)에 용기가 솟은 모양이었다.

당장 남궁혁이 불구덩이에 뛰어들라고 해도 뛰어들 것 같았다.

"가장 먼저 할 계획은 우선…… 창고부터 열까요?"

그런 지부장의 기세는 남궁혁의 한 마디에 갑자기 물이라도 부은 듯 푹 식어 버렸다.

창고라니, 너무 뜬금없지 않은가. 흑마적을 물리쳤으니

사기를 올리기 위해 밥이라도 거하게 먹자는 걸까? 지부장은 뭐라 답해야 할지 몰라 우물쭈물했다.

"창고를…… 무슨 일로 말입니까?"

"북동 지부는 곡식이 아주 많죠? 말린 건량도 많고."

"네, 그렇습니다. 맹에 가입된 문파와 세가에서 보내는 것들은 전부 북동 지부에 보관하니까요. 그런데 그 창고를 여신다니요? 북동 지부가 위험하니 다른 곳으로 운송할 계획이십니까?"

지부장은 진중한 얼굴로 물었다.

그럼 그렇지. 그 많은 흑마적을 다 물리치고 북동 지부의 포위를 풀어낸 사람이 밥이나 먹자고 창고를 열라고 할 리가 없었다. 뭔가 깊은 생각이 있어서 한 말인 게 분명했다.

그만한 양을 다 옮기는 건 엄청난 일이다. 하지만 흑마적에게 한 번 포위를 당한 곳이니 옮길 필요성은 있었다. 대체 어디로 옮기냐의 문제가 있기는 하지만.

"아, 설마 전부 본대로 보내실 생각이십니까? 그렇다면 북동 지부의 무인 전체를 차출하겠습니다!"

남궁혁의 계획을 먼저 읽었다는 생각에 지부장의 목소리가 다소 높아졌다.

자기들이 지금껏 북동 지부를 목숨 걸고 지킨 의미가 있었다.

이것들을 본대로 보낸다면 본대는 충분한 식량을 얻게 될 수 있으리라……!

"아뇨. 그럴 필요 없어요. 그냥 창고를 열 거니까."

지부장 이하 북동 지부의 사람들은 남궁혁의 말이 도무지 이해가 안 간다는 얼굴이었다. 뒤에 서 있던 권율이 보충 설명을 덧붙였다.

"문자 그대롭니다. 당주님께서는 창고를 열어 쌓인 곡식과 건량을 전부 베풀라고 하시는 겁니다."

"예?"

"아니, 그게 무슨……!"

몇 명은 놀란 나머지 자리에서 벌떡 일어났다.

여기에 쌓인 양의 식량이면 이 일대의 거지들은 물론이요 북동 지부를 둘러싸고 있던 삼만 명의 흑마적도 몇 달간 배불리 먹일 수 있으리라.

요새 같이 가뭄이 끝도 없이 이어질 때라면 금으로 환산해도 어마어마한 가치였다. 그걸 그냥 열어서 베풀라고?

아까 창고를 열자고 한 건 반쯤 농담이었다.

어차피 죽을 거라면 그냥 먹고 죽자는 말이나 다름없었다.

지금처럼 위험에서 벗어났는데도 창고를 열 필요는 없었다.

"북동 지부에 오기 전, 다른 지부를 구출하러 갔을 때도 당주께서는 똑같이 하셨습니다. 곡식을 풀고 주민들을 배불리 먹이자 흑마적의 숫자가 더 이상 늘어나지 않았습니다."

권율이 앞선 사례를 얘기해 주자 다들 멍한 얼굴이 되었다. 여기에 남궁혁이 쐐기를 박았다.

"이미 제갈민 총군사께서도 인정한 방법이에요. 다들 내 뜻을 따라 줬으면 좋겠어요."

맹의 두뇌라 불리는 제갈민이 효과가 있다고 인정했다니 다들 할 말이 없었다.

"알겠습니다. 즉시 창고를 열도록 하겠습니다."

지부장이 이리저리 지시를 내리자 회의실 안이 분주해졌다.

창고를 담당하는 이들은 물론이요 나머지들까지 밖으로 나가 창고를 열어 물건을 나르기 시작했다.

*　　　*　　　*

북동 지부 앞에서는 갑자기 엄청난 곡식의 산이 쌓이기 시작했다.

흑마적 때문에 집 안에 틀어박혀 있던 이들은 바깥이 분주하자 고개를 빼꼼 내밀고 동태를 살피다가, 북동 지부 사람들이 곡식을 바깥으로 나르는 것을 알고는 의아해하며 슬그머니 그쪽으로 향했다.

"자자, 다들 한 섬씩 들고 가시오—!"

"한 집 당 한 섬씩! 아이가 많은 집은 한 섬을 더 드리오! 건량도 받아 가시오!"

갑작스러운 나눔에 사람들은 어리둥절해하면서도 슬금슬금 곡식 더미로 다가갔다.

그중 북동 지부에 안면이 있는 사람이 슬그머니 지인에게 다가가 물었다.

"이거 진짜 주는 거 맞소?"

"맞소. 거저니 들고 가시오. 이자도 안 받고 돌려 달라고도 안 할 거라오."

"허허, 가뭄이 그렇게 심해도 쌀 한 톨 안 내주던 무림맹이 왜……."

"맹에서 온 병기당주님의 명이라오. 그분이 이 주변을 둘러싸고 있던 흑마적들까지 전부 해치우고 우리를 구하러 와 주셨지."

북동 지부의 무사가 자랑스럽다는 듯 가슴을 펴고 남궁혁에 대한 칭찬을 늘어놓았다.

윗사람들이야 창고를 여는 데 의구심이 있다지만, 아랫사람들은 마을 주민들하고도 교류가 있어 그들의 처지를 안

쓰럽게 생각하던 차였다.

그러던 와중에 남궁혁이 와서 창고를 열어 주니 무인들은 마치 자신들이 선심을 쓰는 것처럼 곡식을 베풀기 여념이 없었다.

그러면서 보지도 못한 남궁혁의 무용담과 결단을 시끄럽게 떠들기 바빴다.

북동 지부 앞뜰은 순식간에 소문을 듣고 찾아온 수백 명의 사람들로 가득 찼다.

그뿐이 아니었다. 두 시진이 지나도 사람은 줄지 않았고 수 리에 이르는 줄이 생길 정도였다.

다행인 건 북동 지부의 곡식이 그 줄에 서 있는 모두에게 한 섬씩 나눠 주고도 남을 정도라는 거였다.

남궁혁은 그 모습을 지켜보고 있었다.

남궁혁이 이끌고 온 이들도 곡식을 나누는 데 일조하는 중이었다.

이 일이 얼추 마무리되면 또 다른 곤경에 빠진 지부를 구하러 밤새 달려야 할 텐데, 기분 좋게 곡식을 나르는 이들을 보니 쉬라는 말도 쉽게 나오지 않았다.

"아, 맞아."

남궁혁은 문득 떠올랐다는 듯, 마찬가지로 옆자리에 서서 곡식을 배분하는 모습을 지켜보고 있던 북동 지부장을 돌아보았다.

"지부장. 혹시 북동 지부에 대장간이 있나요?"

"대장간 말씀이십니까?"

혹시나 해서 물어본 것이었다. 다행히 지부장은 고개를 끄덕였다.

"그리 크지는 않아도 있긴 있습니다. 필요하시다면 민간의 대장간도 이용하실 수 있게 하겠습니다."

"제가 쓸 건 아니고요. 우리 보급창의 장인들이 쓸 거예요."

"보급창의 장인들 말씀이십니까?"

남궁혁이 고개를 끄덕였다.

민간인들과 함께 대피시킨 장인들. 그들을 놀려서 뭐에 쓰겠는가.

지금 맹에 가장 중요한 것은 곡식이 아니라 검이나 도, 창 등 주로 쓰는 무기의 공급이었다.

본대가 나름 넉넉하게 무기를 챙겨 갖고 가긴 했지만 그 뒤로 맹이 습격을 받는 바람에 보급이 이루어지지 않았으니 슬슬 무기가 없어서 제대로 싸우지 못하는 이들이 늘고 있으리라.

"장인들을 여기로 모아 본대에 보낼 무기를 생산할 겁니다. 철 등의 재료는 넉넉히 있나요?"

"예. 물론입니다. 한 번 보시겠습니까?"

지부장이 광석을 보관한 창고로 남궁혁을 안내했다.

곡물만큼은 아니어도 이 또한 상당한 양이 쌓여 있었다.

남궁혁은 쓱 둘러보며 재료의 질을 살폈다. 무림맹이 보관하고 있는 재료인 만큼 특상품은 아니어도 나름 상급의 재료들이었다.

남궁혁은 잠시 생각에 잠겼다.

자신이 데리고 있는 오백 중 백여 명은 차출해야 장인들을 안전하게 북동 지부까지 데려올 수 있을 것이다.

하지만 사백 명은 흑마적들을 와해시키고 무림맹 지부끼리의 연락과 이동을 원활히 하기에는 다소 적은 숫자다.

솔직히 이번에 삼만 명을 와해시키는 것도 무척이나 힘들었다. 티를 안 내서 그렇지.

매번 천신이검을 꺼내 들 수도 없는 노릇이다.

하지만 이동하면서 각 지부에 머물고 있는 천무십이대의 나머지 부대를 흡수한다면 얘기가 좀 달라진다.

그렇게 되면 남궁혁은 약 천 명이 넘는 인원을 이끌 수 있게 된다. 이는 결코 적지 않은 숫자다.

남궁혁이 원하는 대로 전세에 영향을 미칠 수 있는, 진정으로 별동대의 역할을 할 수 있는 부대가 만들어지는 것이다.

흑마적들이 후방을 교란하지 못하게 계속해서 흩어 놓고, 본대가 마교와의 싸움에만 집중할 수 있도록 해 준다면…….

남궁혁은 먼 하늘을 바라보았다.

지금쯤 진령산맥의 전선에선 어떤 전투가 벌어지고 있을까. 남궁장인가는 무사할까.

정신없이 매일 매일을 보내는 와중에도 조금만 시간이 나면 이 생각이 제일 먼저 남궁혁의 머릿속을 차지했다.

이전 삶의 정보를 토대로 그렇게 힘을 쌓았는 데도 할 수 있는 건 별로 없었다.

그저 무력하게 죽었던 지난 삶에 비해서 조금이라도 뭔가를 '한다' 라는 것에 의의가 있을 뿐.

남궁혁은 가끔 후회하곤 했다.

그렇게 열심히 세가를 성장시키는 데 집중하지 말고, 이전 삶의 정보로 영초고 영물이고 다 잡아 캐서 집어먹고는 끝없이 실력을 키우는 데나 몰두할 걸 그랬나 하는 후회.

그랬으면 정마전쟁이 이렇게 길게 이어지지 않았을지도 모른다.

전설 속 초월경의 무인들처럼 무림맹주가 되어 맹의 무인들을 이끌고 혈혈단신으로 마교의 핵심부에 쳐들어가 교주와 일대일로 실력을 겨루어 끝끝내 이기는 그런 결말을,

남궁혁의 손으로 이루어 낼 수 있었을지도 모른다.

남궁혁은 피식 웃었다.

자신이 그럴 만한 그릇이 못 된다는 건 이미 알고 있었다.

이전 삶의 기억을 바탕으로 일부러 은거 고인을 찾아가 기연을 만들어 내면서 환골탈태를 했다고 해도 그런 일은 벌어지지 않았을 것이다.

또한 그는 알고 있었다.

인생이란 그렇게 잡서 속 이야기처럼 허황되지 않다는 것을.

자신과 주변을 둘러싼 모든 관계를 무시하고는 아무것도 할 수 없다는 것을 말이다.

결국 인내심을 가져야 하는 싸움이었다.

다행히 남궁혁은 그 분야에 있어서는 누구보다 자신이 있었다.

대장간의 일이라는 것도 똑같은 과정이니까 말이다.

자신의 정신마저 아득해질 정도로 불 앞에서 녹이고 때리고 식히고…….

숨이 막힐 것 같은 과정을 거친 후에야만 만족할 만한 결과물이 나온다.

제아무리 실력이 좋아도, 아무리 좋은 재료를 갖고 있어도 시간을 들이지 않으면 아무것도 안 된다.

좋은 재료나 도구는 결국 약간의 도움을 줄 뿐이다.

스스로 해야 한다.

아주 오래, 길게, 지루하게.

남궁혁은 정마전쟁도 같은 것이라 생각했다.

하지만 언젠가 끝이 난다.

그리고 남궁혁은 지금 살아 있고, 뭔가를 하고 있다.

그것만으로도 충분했다. 이미 이전 삶과 충분히 다르다.

남궁혁은 권율을 불러 장인들을 불러 올 백여 명을 따로 선발하라고 일렀다.

그러곤 지부장과 함께 다시 지도를 보러 안으로 들어갔다. 한시도 쉴 틈은 없었다.

*　　　*　　　*

동문 사형제들은 물론 스승과 스승의 스승까지 전부 마교와 검을 섞으며 혈전을 벌이고 있었지만, 황실 대숙수가 된 나태영은 여전히 황제의 곁을 지키고 있었다.

지난번 독살 미수 사건 이후 황제는 나태영을 극도로 총애하여 식사 시간에는 반드시 그가 참석하도록 명했다.

하지만 모두가 피를 뿌리는 와중에 황실에서 호의호식하고 있는 나태영의 마음이 좋을 리 없었다.

오늘 황제의 식탁에는 일전에 자무군주가 맛을 보고 나태영을 황실 숙수로 추천했던 온갖 건어물이 들어간 탕이 올라와 있었다.

물론 자무군주에게 차려 주었던 것보다 재료가 좋고 시설이 좋으니 몇 배는 맛있고 고급스러웠지만.

숙수의 기분에 따라 음식 맛이 좌우된다는 말은 사실이다.

재료를 칼질할 때부터 집중력이 다르니까.

하지만 다행히도 나태영은 황실에 있는 그 어느 숙수보다도 칼질에는 일가견이 있는 사람이었다.

고작 기분 상태에 따라 단면이 달라진다고 한다면 나태영을 가르쳤던 공동파의 스승이 달려와 네놈의 검이 게을러졌노라고 공동파로 끌고 가겠다 했으리라.

그리하여 음식은 나태영의 기분을 타지 않고 본연의 맛을 충분히 자랑했고 덕분에 황제는 먹다가 절로 호로록 소리가 날 정도로 감칠맛이 나는 탕국물을 즐겼다.

최근 아우와의 권력 다툼이며 흑마적의 난동까지 세상 정세가 어지러워 웬만한 음식에는 영 입맛이 돌지 않는데, 이건 그간 있었던 두통도 잊게 할 만큼 맛이 기가 막혔다.

그러다가 무슨 재료가 들어갔는지 묻기 위해 고개를 들었더니, 나태영의 표정이 영 좋지 않았다.

황제는 그릇에 고인 마지막 한 숟갈의 국물을 마저 비우곤 물었다.

"대숙수의 얼굴이 좋지 않구나. 무슨 근심이라도 있는가?"

"송구합니다, 폐하."

나태영이 서둘러 무릎을 꿇으며 고개를 숙였다.

식사를 하는 황제 앞에서 그런 표정을 보였다니 절대 안 될 일이었다.

하지만 맛난 탕국에 기분이 유해진 황제는 부드럽게 웃으며 말했다.

"그대 못지않게 짐도 요새 근심이 많다. 같은 처지의 사람이라면 서로를 더욱 잘 이해하는 법. 어디 한 번 말해 보거라. 짐이 해결해 줄 수 있는 일이라면 기꺼이 해 주겠다."

"소신의 고민은 다름 아닌 무림의 일입니다. 폐하께서 신경 써 주시는 것은 감사하오나 폐하의 힘을 빌릴 일은 아닌 것 같습니다."

황제는 다소 언짢은 듯 헛기침을 내뱉었다.

관과 무림이 불가침이라고는 하나 무소불위의 황제가 관여하지 못하는 일이라 둘러말하는 나태영의 말이 듣기 좋을 리는 없었다.

"흐음, 그래. 최근 마교라 불리는 이들이 큰 소요를 만들고 있다는 보고는 들었다. 형제가 같은 문파에 있다고 했던

가? 형제가 사지에 나가 있으니 걱정이 많겠구나."

"제 형은 아버지의 비호로 출전하지 않고 본문을 지키고 있다고 들었습니다. 그보다는 제 친우들이 걱정이지요."

나태영은 씁쓸하게 웃었다. 팽천룡과 은태림은 최전선으로 갔다는 얘기를 들었다.

하지만 거긴 엄청난 실력을 가진 무림의 어른들도 함께하는 곳이니 되레 두 사람에 대한 걱정은 덜했다.

오히려 걱정되는 것은 남궁혁 쪽이었다.

무림맹이 불타올랐다는 소식은 나태영의 귀에도 들어왔다.

남궁혁에게 마지막으로 받은 서신으로 미루어 보아 침입이 있었을 당시 무림맹에 머물고 있던 게 분명했다.

물론 나태영은 남궁혁을 믿었다. 그는 나태영에게 있어 어떤 의미로 황제보다 대단한 존재였다.

그런 남궁혁이 쉽게 죽었을 거라고 생각하지는 않았다.

하지만 걱정되는 것은 어쩔 수 없는 것이다.

아무리 죽음을 머리맡에 두고 사는 게 무림인이라지만 친우가 위험에 빠졌을지도 모르는 데 걱정이 되지 않을 수 있을까.

"그렇구나. 대숙수의 의리가 깊어 보기가 좋도다. 무림인들 또한 짐의 백성인데 서로 부딪치며 피를 보고 있다고 하니 걱정이 되는구나. 허나 관병들로는 그들을 상대하기 힘들

터, 네 말대로 내가 해 줄 수 있는 것이 없어 안타깝구나.”

“소신은 괜찮사옵니다. 폐하께서 마음을 써 주시는 것만으로도 충분합니다.”

나태영은 깊이 고개를 숙이며 황제에게 감사를 표했다.

사실 황제의 말에는 어폐가 있었다.

관병들이 흑마적이며 마인들을 상대하기 어려운 것은 맞다.

하지만 금위군이라면 다르다.

현 황제 대에 들어서 금위군은 엄청난 양적, 질적 성장을 이루었다.

황제의 아우가 정치적으로 다툼을 벌이면서도 쉽사리 반역을 일으키거나 하지 못하는 건 황제가 금위군을 단단히 틀어쥐고 있기 때문이었다.

황실과 수도를 지키는 금위군의 숫자는 약 일만.

일반 사병 십만을 상대하고도 남을 전력이었다.

그들 중 절반, 아니 그중 천여 명이라도 나서 준다면 정말 큰 도움이 될 것이다.

금위군이 나선다는 건 그냥 관이 도움을 주는 것과 비교가 안 되는 일이니까.

“폐하. 어쩌면 무림인들을 돕는 것이 폐하께 큰 도움이 될지도 모르겠습니다.”

황제의 곁에서 시중을 들던 정 태감이 조용히 입을 열었다.

"그게 무슨 소리지? 자세히 얘기해 보거라."

"소신이 바깥 풍문을 듣기로, 흑마적과 마교로 인한 침탈이 그리 심하다고 합니다."

"그에 대해서는 나도 소문을 들었다. 전 도독에게 피해를 살피라 일렀는데 그리 쉽지는 않은 모양이더군."

"전 도독께서도 쉽지 않으실 겁니다. 기존의 무림인들과 달리 마교는 나라와 협조할 마음이 조금도 없다고 들었으니까요."

"흐음……."

황제는 태감의 말에 침음만 삼켰다.

마교가 이 나라를 적대한다는 사실은 알고 있었다.

평소였다면 당장 놈들을 역도로 간주하고 그들을 몰살하는 데 신경을 썼을 것이다. 황제를 암살하려 했던 전 대숙수가 마교의 사주를 받았다는 사실도 파헤쳤으니까.

아우가 황위 찬탈의 기회를 엿보고 있지만 않았어도 황제의 화살은 마교를 향해 날아갔을 것이다.

"저는 조금 이상하다고 생각해 왔습니다, 폐하."

"무엇을 말인가?"

이제 식사가 끝났고 나태영은 나가야 했지만, 그는 황제와 태감의 대화를 조용히 듣고 있었다.

지금 태감은 나태영을 도와주려 하고 있었다. 이유는 잘 모르겠지만 말이다.

"친왕 전하께서 기다렸다는 듯 나서는 이 상황이 조금 이상하지 않습니까? 폐하께서는 그 어느 때보다도 강력한 군세와 믿음직스러운 금위군을 이끌고 계시고, 치세는 평안하며 신하들의 충성을 받고 계신데 말입니다."

"그야…… 녀석이 어릴 때부터 욕심이 남달랐으니 그런 것 아니겠나. 예전부터 녀석은 자신이 황제가 되어 보려고 부단히도 애를 썼었지. 한동안 욕심을 접은 줄 알았건만."

황제의 말에 태감이 고개를 내저었다.

"저는 그리 생각지 않습니다, 폐하. 친왕 전하는 그저 욕심 때문에 일을 벌이실 만큼 어리석은 분은 아닙니다. 뭔가 믿는 바가 있으니 이빨을 드러내시는 걸 겁니다."

"믿는 바라니. 설마……?"

황제의 안색이 눈에 띄게 어두워졌다.

"예, 폐하. 마교 말입니다. 그들이 친왕 전하를 지지하기로 약속하지 않고서는 있을 수 없는 일이지요. 서로에게 도움이 되는 일 아닙니까."

"그렇군."

황제의 머릿속이 복잡하게 돌아가기 시작했다.

그간 관과 무림은 불가침이라는 생각이 강해 자신의 아

우가 마교와 손을 잡았을 가능성에 대해서는 전혀 생각해 보지 않고 있었다.

하지만 태감이 한 번 실마리를 던져 주자 그간 이해할 수 없었던 것들이 단박에 이해되기 시작했다.

"그렇다면 지금 무림맹을 돕는 것이 아우를 견제하는 데 큰 도움이 되겠군. 흑마적과 마교를 역도로 선포하고, 금위군을 보내 그들을 돕는다면……."

"친왕 전하께서도 섣불리 움직이시지 못할 겁니다. 잘못하면 역도와 한 패임이 드러날 수도 있고, 백성을 구제하고자 하는 폐하의 일에 방해를 했다간 민심을 잃을 테니까요."

황제는 마음을 정한 듯, 태감에게 곧바로 고관대작들을 불러 모으라 일렀다.

태감이 명을 받들고, 황제는 나태영을 바라보았다.

"이제 짐이 대숙수의 염려를 덜어 줄 수 있을 것 같구나."

"성은이 하해와 같사옵니다."

황제가 빙긋 웃으며 말하자 나태영이 바닥에 납작 엎드렸다.

第五章
신성(新星)

진령산맥.

서쪽의 태백산에서부터 동쪽의 화산에 이르기까지, 높고
도 험준한 산들이 연이어 이어져 있는 이곳은 예로부터 세
상에 동화되지 못하는 사람들이나 죄를 지은 자들, 그리고
무림인들이 찾던 곳이었다.

자연적으로 형성된 지기가 대단하여 영초가 무럭무럭 자
라는 이곳에 한 도사가 자리를 잡고 수련을 하던 곳은 이제
수많은 도사들이 검을 수련하고 도를 닦는 화산파가 되었다.

초봄이면 매화가 만발하고 어린 제자들이 검을 내지르며
지르는 기합 소리가 울려 퍼지던 전과 달리, 지금의 화산파는 그야말로 어두운 기류에 싸여 있었다.

다름 아닌 마교 때문이었다.

마교는 진령산맥 이북을 점거한 것으로도 모자라 계속 남하하려는 시도를 하고 있었다.

세 개로 나뉘었던 무림맹의 본대는 물론이요 구파일방과 사대세가의 잔여 세력들이 전부 화산에 모여 이를 막아 내고 있었지만 상황이 그렇게 좋지는 못했다.

팽천룡과 은태림도 화산의 본대에 합류해 있었다.

두 사람은 화산의 장문인이 소집한 회의에 가면서 주변을 돌아보았다.

"처참하군."

"그러게 말이야."

그들의 주변에는 온통 부상 당한 무인들이 쓰러져 있었다.

환자를 눕힐 곳이 모자라 밖에 모포를 깔고 눕힌 것이다.

그들을 안쓰럽게 바라보는 은태림과 팽천룡의 상태도 썩 좋지는 않았다.

은태림은 잘생긴 얼굴에 여기저기 흉이 졌고, 팽천룡은 현경의 무력에도 불구하고 기운이 없어 보였다.

마신 재림은 정말 대단한 일이었다.

마교가 왜 마신 재림에 사활을 걸었는지 알 것 같았다.

수십 번의 전투 속에서 포로도 잡고 기밀도 확보한 무림맹은 더 이상 마교를 만만히 보지 않았다.

정도 무림에 백대 고수가 있고 그중에 몇 안 되는 현경의 무인과 열 몇 명 남짓의 화경의 무인이 있다면 마신 재림을 이룩한 마교에는 다섯 명의 현경 무인과 스무 명의 화경 무인이 있었다.

그 아래 초절정과 절정의 무인은 말할 것도 없다.

아직도 절대적인 숫자에서는 정파 무림이 우세했지만 실질적인 무력으로 보자면 화산을 다시 되찾고 이 자리에서 버티고 있는 것이 신기할 정도였다.

팽천룡과 은태림이 회의실에 들어섰다.

먼저 온 선객이 많았다.

당연한 일이었다. 이 화산에 모여 있는 사람의 숫자가 어마어마하니까.

드넓은 회의실에는 의자가 스무 개뿐이었고, 모인 사람은 이백 여 명에 가까웠다.

현경의 무인임이 입증된 이후 맹의 주요 전력으로 인정받은 팽천룡은 마련된 좌석 중 하나에 앉았고, 은태림은 다른 부대의 대주들 옆에 가 섰다.

모두가 모이자 화산의 장문인이 입을 열며 자리에서 일어났다.

원래 무림맹 본대를 이끌던 남궁현암이 큰 부상을 입은 관계로 현재 화산의 장문인이 주요한 회의를 이끌고 있었다.

온화한 성정으로 유명한 그도 얼굴에 피곤한 기색이 가득이었다.

"오늘 모이시라고 한 건 몇 개 새로운 소식이 있어서입니다."

새로운 소식이라는 말에 모두의 얼굴이 어두워졌다.

그간 정파 무림에 새로운 소식이라는 건 악재가 터졌다는 말과 동의어였다.

갑자기 나타난 흑마적. 엄청난 마인들의 실력. 마신 재림까지.

물론 무조건 나쁜 소식만 있는 건 아니었다.

누군가가 아무리 상대해도 마기가 줄어들지 않는 마인들의 기세를 꺾어 버리는 방법을 강구했다.

그게 뭐냐면, 바로 죽여 버리는 것.

상처를 입혀도 이튿날이면 마신의 가호를 받았다니 뭐라니 외치면서 멀쩡하게 돌아오는 놈들이다.

무조건 죽여야 했다.

마신도 죽은 자들을 살리지는 못했다.

말처럼 쉬운 일은 아니었다.

정파 무림인들은 일대일로 싸우는 것이 가장 정정당당하다는 감각을 버려야 했다.

정정당당은 오로지 산 자만 외칠 수 있는 가치였다.

결국 오 대 일, 십 대 일로 한 명씩 죽여 없애 버리고 나니 고수의 숫자가 조금 줄었다. 덕분에 정파 무림은 빼앗겼던 화산을 수복했고 지금까지 버틸 수 있었다.

그렇다면 이번에 온 소식은 과연 좋은 소식일까, 나쁜 소식일까.

"다행히도 좋은 소식입니다. 먼저, 황제가 마교를 역도로 선포했습니다."

"세상에. 전혀 신경도 안 쓰는 줄 알았더니……."

"황실이 나서는 겁니까?"

"그렇습니다. 금위군 중 삼천여명이 흑마적 토벌과 마교 토벌을 위해 북상하고 있다 합니다. 천 통령이 이들을 이끌고 온다고 합니다. 방금 전에 황실로부터 서신을 받았습니다. 황제께서 우리 정도 무림맹에게 마교를 토벌하라는 칙명을 내렸습니다."

원래대로라면 황실의 사신이 직접 정도 무림맹의 모두에게 황제를 대신해 칙령을 읽고 명령을 전해야겠지만, 사신이 여기까지 오기에는 너무 위험해서 황실의 전서응으로 대신했다.

장문인이 전한 희소식이 회의실에 약간의 안도를 가져왔다.

금위군 일만여 명은 전부 엄청난 고수들이다.

게다가 파병된 금위군 삼천을 이끄는 건 황실이 보유한 현경의 무인인 천 통령!

황제가 엄청나게 힘을 쓴 증거였다.

관과 무림이 불가침이라 딱히 황제에 충성심이 없었던 무림인들도 지금만큼은 황제에게 감사했다.

"공동의 나 소협이 황실의 대숙수로 있으면서 황제를 설득하는 데 열과 성을 기울였다고 합니다. 훌륭한 문도를 두셨습니다."

공동파의 사람들이 머쓱한 얼굴로 모두의 감사를 받았다.

공동파 사람 중에는 자기들은 이렇게 고생하는데 나태영이 황실에서 호의호식을 한다고 대놓고 투덜거리던 사람들이 많았던 탓이었다.

하지만 나태영 한 명이 동참하는 것보다 더 큰 결과를 불러왔으니 정말 나태영의 공이 컸다.

"장문인, 다음 소식은 뭔지 궁금합니다."

장문인과 어릴 때부터 친분이 있는 은태림이 손을 번쩍 들고 물었다.

평상시라면 훨씬 더 친근감 있게 불렀겠지만 지금은 전시고 회의 중이니까 공적인 태도를 견지했다.

다들 장문인이 말할 다음 소식에 귀를 기울였다.

처음 소식이 좋은 소식이었으니 두 번째는 나쁜 소식일 수도 있다.

"곧 보급이 올 겁니다. 미처 출발하지 못했던 무림맹의 후발 부대도 말입니다."

"보급이요?"

"병기당주가 흑마적들의 포위를 뚫고 장인들을 대피시킨 후, 북동 지부에서 무기를 생산해 이쪽으로 오고 있다고 합니다. 마교의 습격으로 흩어진 맹의 후발 부대도 모아 오고 있다고 하더군요. 약 오천 명을 말입니다."

놀랍게도 두 번 연속 좋은 소식이었다.

남궁혁과 친분이 있는 팽천룡, 은태림은 입가에 미소를 띨 정도로 기뻐했다.

장인들의 생산은 남궁혁의 계획대로 이루어졌다.

천마십이대와의 합류도 마찬가지다.

하지만 나머지 사천 여 명과 합류하는 건 남궁혁의 계획과는 조금 동떨어진 일이었다.

본대가 떠나고 직후에 떠났던 무림맹의 후발 부대는 갈 곳을 잃은 상태였다.

본대 합류도 급한데 뒤에선 무림맹이 불타고 옆에선 흑마적이 치고 들어왔다.

정신없이 헤매며 갈피를 잃었던 이들은 남궁혁이 무림맹

지부를 구하고 있다는 사실에 달려오거나 지나가는 길에 만나 합류했다.

어쩌다 보니 생각했던 것보다 더한 공적을 세운 것이다.

"그들은 지금 어디 있습니까?"

"소식이 도착한 게 오늘 새벽녘이오. 얼마 걸리지 않을 거 같다고 했으니 아마 곧 도착할 것 같소만……."

장문인이 남궁혁의 도착을 가늠하는 도중 회의실의 문이 열렸다.

이백여 명의 눈이 전부 그 문을 열고 들어온 사람에게로 향했다.

"병기당주 남궁혁, 보급 물품과 후발대 오천 명을 이끌고 지금 막 화산에 도착했습니다."

먼 길을 달려왔지만 남궁혁은 크게 지친 기색이 없어 보였다.

그의 등에는 천신이검이 여전히 티를 안 내고 조용히 매달려 있었다.

다들 남궁혁을 환영했다.

마교의 숫자도 꽤 줄었지만 무림맹의 숫자는 더 줄었다.

이런 와중에 오천여 명의 원군이라니 아니 반길 수 없었다.

"어서 오시오, 병기당주."

장문인이 회의석의 자리 하나를 남궁혁에게 내주었다.

맹의 병기당주인 데다가 원군을 이끌고 온 사람이다.

그는 회의석에 앉을 자격이 있었다. 게다가 꽤나 상석이었다.

졸지에 한 명이 또 자리에서 일어나게 되었지만 별로 불만은 없는 눈치였다.

"검 삼천 자루와 도 천 자루, 창 오백 자루를 가져왔습니다. 대부분은 북동 지부에 있던 물건들이라 질이 엄청나게 좋지는 않습니다만. 일단 급한 대로 필요한 데 배분해서 쓰시면 됩니다."

"고맙소. 북동 지부에서 여기까지 거리가 만만치 않은데, 그걸 운송하면서 그렇게 빨리 달려왔다니……."

장문인이 놀란 듯 말했다.

무기는 무겁다.

그걸 마차로 운송하면 당연히 느릴 수밖에 없다.

그런데 남궁혁이 이끄는 이들은 정말 순식간에 달려왔다. 마치 말이나 소가 신법을 익혀서 같이 달려온 것처럼 말이다.

"별거 아닙니다. 소와 말을 쓰지 않고 저희들이 직접 들고 달렸습니다."

남궁혁은 대수롭지 않게 말했다.

오천 명이니 각자 본인 무기 말고 하나씩만 더 들고 뛰면

됐다.

그럼에도 오백 여 명이 남았다.

처음엔 시일이 조금 걸렸지만 중간에 후발대가 합류하면서 속도는 점차 빨라졌다.

다들 고수였고 무기 하나 더 맨다고 해서 운신에 제약이 있을 리도 없었다.

마음 같아선 더 들고 오고 싶었지만 전선의 상황을 생각하면 장인들이 생산하는 속도를 마냥 기다려 줄 수가 없었다.

"산맥 이북 상황은 어떻습니까?"

이제 막 화산에 온 남궁혁이 묻는 것을 아무도 제지하거나 탓하지 않았다.

상황을 묻는 것이지만 사실상 남궁장인가의 안부를 묻는 것이다.

진령산맥 이북에 있는 유력한 문파나 세가는 남궁장인가 하나뿐이다. 다들 남궁혁의 처지를 이해했다.

"아직 괜찮습니다. 거기에 계신 분들이 방어막을 철통같이 구축하고 계십니다. 마교는 남하하는 데 정신이 팔려 남궁장인가까지는 신경을 쓰지 못하고 있지요. 자세한 것은 이따 은 소협에게 여쭤십시오."

은태림에게? 남궁혁이 뒤를 돌아보았다. 은태림이 눈을 찡긋했다.

무공도 별로 안 센 녀석이 최전선에서 뭘 하고 있나 했더니.

그 빠른 발과 왕성한 호기심을 한껏 발휘하며 정보 쪽에서 톡톡히 실력을 발휘하고 있는 모양이었다.

"장문인. 그렇다면 소식은 여기에서 끝입니까."

남궁혁이 등장한 것 때문에 잠시 미소를 지었던 팽천룡은 다시 특유의 차갑고 냉랭한 표정으로 돌아와 장문인에게 물었다.

전투를 거듭하고 수천의 피를 자신의 도에 묻히는 동안 그의 감은 더욱 예리해져 있었다.

여기서 끝이 아닐 거라는 생각이 들었다.

두 번이나 좋은 소식을 들었으니 이번에는 나쁜 소식이 나올 법도 했다.

"팽 소협은 역시 눈치가 빠르군요. 이 노구가 아직 말하지 않은 소식이 한 가지 더 있습니다."

장문인은 흐릿하게 웃으며 답했다.

어쩐지 그 소식을 말하고 싶지 않은 듯 보였다.

모두의 시선이 장문인에게 집중되었다.

그는 몇 번이고 심호흡을 하고는 조용히 입을 열었다.

"그간 보이지 않던 마교 교주와 소교주의 모습이 포착되었습니다. 다들 마음의 준비를 단단히 하셔야 할 것 같습니다."

장문인의 말이 끝나자 회의실 안이 침묵에 잠겼다.

금위군의 참전과 남궁혁이 이끌고 온 원군, 보급 물자로 들떴던 분위기는 찬물이라도 끼얹은 듯 가라앉았다.

특히 남궁혁 앞에 앉아 있는 최고위 무인들의 얼굴이 딱딱하게 굳었다.

지금까지 마교는 맹렬하게, 그러나 제법 여유롭게 무림맹을 상대해 왔다.

마교는 오랫동안 이 전쟁을 준비해 왔고 패가 많았다.

무림맹은 마교가 던진 수많은 패에 얻어맞아 정신이 없었다. 신경 쓸 것이 너무 많았다.

눈앞의 적들과 생사의 사투를 벌여도 이튿날이면 적은 쌩쌩해지고 무림맹의 무인들은 지쳐 쓰러져 갔다.

흑마적은 아직도 사그라지지 않고 계속해서 번져 가는 마른 들판의 들불처럼 무림맹을 괴롭혔다.

흑마적을 상대하느라 전력의 삼분지 일은 여전히 후방에 머물고 있었다.

그 외의 몇 가지 문제, 황실에 부린 수작은 나태영이 힘을 써 줬고 보급에 대한 문제는 남궁혁이 해결했다.

그렇게 패를 내놓고도 마교는 아직 최강의 말을 선보이지 않았다.

바로 교주와 소교주다.

일전에 주아흔이 마교에 대해 털어놓은 바에 의하면 교주 가문은 마인들 중에서도 마신의 힘을 가장 많이 받아들일 수 있는 존재란다.

내려오는 얘기에 따르면 먼 옛날 인간의 몸에 재림했던 마신이 인간과 혼인해 낳은 아이의 후손이라나.

그때 인간의 몸에 깃들었을 때 연약한 인간의 육신이 마신의 힘을 이기지 못하고 얼마 못 가 한 줌 핏물로 화해 버리는 바람에 이번에는 검을 택했다는 얘기도 있었다.

마신 재림을 통해 제 능력의 한계까지 마기를 받아들일 수 있게 된 마인들.

교주와 소교주도 예외는 아니었으리라. 아니, 마신 재림의 혜택을 가장 많이 받은 이들이리라.

여태까지의 대(對) 마교 전략을 전부 뒤바꿔야 할 상황이 됐다.

지금까지 모습을 드러낸 마교의 고수들도 상대하기 어려웠는데 그중에서 가장 강한 자들이 둘이나 참전하게 되었다.

그냥 강한 게 아닐 것이다. 이미 마교에는 현경의 고수가 여럿 있다. 그들보다 강할 것이다.

모두가 머릿속에 한 가지 경지를 떠올렸다.

초월경(超越境).

현경도 전설의 경지였는데 이제는 초월경이다.

이미 태산을 무너트리고 다시 쌓을 수 있는 힘을 가진 현경의 무인들도 도무지 자신들 이상의 힘이 상상이 가지 않았다.

문헌에는 그들이 자연의 일부나 마찬가지며, 오행의 질서를 새로 만들거나 없애 버릴 수 있다는 허황된 얘기들이 적혀 있었다.

오행의 질서를 만들거나 없앤다는 말을 간단하게 설명하자면 이렇다.

산을 평지로, 바다를 대지로. 먹구름 낀 하늘을 맑게, 맑은 하늘에 청천벽력이 내리치게.

진짜 그 정도일 리는 없지만 초월경이라는 경지가 어떤 느낌일지 대충 상상이 가는 묘사였다.

정말 그들이 어린 시절부터 들어왔던 전설 속 이야기가 현실이 되게 생겼다.

수만의 무인들이 무색하게 일 검으로 적을 전부 갈라 버리는 고수, 순식간에 전세를 역전하고 전쟁을 끝내 버리는 절대자의 등장.

걸음 한 번에 대지가 진동하고 압도적인 기운에 저절로 무릎을 꿇게 되는 결말로 끝나는 그 수많은 무림의 설화와 전설들.

불행은 그 고수가 아군이 아니라는 점이었다.

"궁금한 게 하나 있습니다. 대체 그들은 왜 여태 안 나왔던 걸까요?"

은태림이 당연한 질문을 던졌다. 교주와 소교주에 대한 정보는 극비였다.

은태림이 소속된 정보 부대는 이들의 소재를 캐기 위해서 죽도록 노력했으나 정보원 오십이 죽어 나갈 때까지도 그 소재를 캐지 못했다.

하지만 이제는 모습을 드러냈다. 그렇다면 그들이 왜 지금 이 시점에 나타났는가가 중요했다.

"그들이 정말 우리가 상상하는 만큼 강했다면 처음부터 나와서 전세를 뒤집어엎지 않았겠습니까? 지금처럼 굳이 소모전을 하지 않고도 그들은 중원 전체를 지배했을 겁니다."

모두가 은태림의 말에 귀를 기울였다.

비록 이 회의실에서 좌석 하나 받지 못하고 서 있는 자지만 다들 은태림의 총명함을 알고 있었다.

다들 그에게 이목을 집중하자 은태림이 헛기침을 했다.

"어쩌면 저희 상상처럼 엄청나게 강하지 않을 수도 있습니다. 너무 겁먹을 필요는 없지 않을까요?"

몇몇이 은태림의 말에 고개를 주억거렸다. 설득력이 있었다.

마인들도 기본적으로 무인이다. 무인은 비슷한 사고방식을 공유한다.

자신에게 강대한 힘이 있다면 선두에 서고 싶은 욕심이 생긴다.

역사를 새로 쓰고 싶은 욕망이, 전설의 주인공이 되고 싶은 마음이 있는 것이다.

선봉에 선 절대자와 그를 따르는 무인들. 마인들이라고 그런 욕망이 없겠는가.

마교의 교리만이 유일한 진리라며 중원 전체를 무력으로 설복하려고 나선 자들인데.

하지만 그러지 않았다는 건 그럴 만한 실력이 아니라는 뜻이다.

"반대일 수도 있습니다. 그들의 힘이 너무 강력하기에 그동안 못 나온 걸 수도 있죠."

은태림의 말에 반대를 표한 건 남궁혁이었다. 이번에는 모두의 시선이 그에게로 쏠렸다.

"저는 환귀곡에서 기연을 겪어 초절정에서 단숨에 화경의 경지로 올라갔습니다. 하지만 순식간에 화경의 힘에 적응하지는 못했죠. 제가 노력해서 차근차근 쌓아 올린 게 아니라 갑자기 얻어 낸 힘이었으니까요. 제 몸에 자리 잡은 엄청난 힘에 적응하는 데는 시간이 걸렸어요."

남궁혁은 자신의 비밀 중 하나였던 환귀곡의 얘기를 꺼내며 모두의 이목을 사로잡았다.

세가가 한창 성장할 때는 비밀이었지만 이제는 별로 비밀로 할 필요가 없는 얘기였다.

누군가 다시 환귀곡에 간다고 남궁혁과 같은 기연을 경험하기도 힘들 거고.

"어쩌면 마신이 준 초월적인 힘을 인간의 육신으로 버티기가 힘들어서, 그들에게 적응할 시간이 필요했을지도 몰라요. 마교가 진령산맥 전선을 지키려 들었던 건 교주와 소교주가 힘에 적응할 시간을 벌어 주기 위해서였고, 더 이상 버티지 않고 계속해서 남하를 시도하는 건 그들이 이제 적응을 마쳤기 때문일 수도 있죠."

남궁혁은 여기 오면서 들었던 정보를 조합해 자신의 추측을 입에 담았다.

몇몇 사람들의 얼굴이 아득해지는 것이 보였다. 은태림의 말에 기운을 차렸던 이들이었다.

남궁혁은 작게 한숨을 내쉬었다.

아군의 사기를 떨어트리기 위해서 한 말은 아니었다.

이 정도로 절망적인 분위기에 은태림처럼 희망을 흘리는 것은 중요했다.

하지만 그만큼 모든 가능성을 살피는 것도 중요하니 어

쩔 수 없었다.

"어차피 부딪쳐 보지 않고는 모릅니다."

이번에는 팽천룡이었다.

젊은 세 친우가 연달아 발언을 행사했다.

누구도 무례하다고 욕하지 않았다.

상황이 상황이었고, 세 사람은 이 자리에서 그 정도 발언을 할 수 있는 충분한 역량이 있었다.

"아무리 마신의 힘을 받았다고는 하나 본신의 실력은 그대로. 그들의 마기가 대단하다는 것은 몸소 경험했으니 얕보지는 않겠지만, 마신이 그들에게 무리(武理)에 대한 이해와 기술까지 향상시켜 주진 못할 겁니다. 경험과 실력으로 그들을 이겨 보이겠습니다."

이 자리에서 가장 젊은 현경의 무인이 패기 있게 말을 내뱉었다.

과연 팽천룡이 할 만한 말이었다.

명문세가의 적통 후계자가 이렇게 자신감 있게, 그러나 절대 광오하진 않게 비장한 말을 내뱉자 모두의 눈이 빛났다.

이런 역경 속에서도 굴하지 않는 무인의 기개.

그것은 모두가 바라는 이상적인 지도자의 모습 중 하나였다.

회의석상에 앉은 누군가가 주먹으로 탁상 위를 쳤다.

그것은 마치 물의 파문처럼 점점 퍼져 나갔다.

화산의 장문인도, 나이든 무인도, 팽천룡의 기개에 동조하듯 탁상을 쿵쿵 쳤다.

회의석상 주변에 서 있는 무인들은 없는 탁상을 두드리는 대신 각자의 무기로 바닥을 때렸다.

바닥이 울리고 회의실 전체가 울렸다.

그들 마음속의 고동도 똑같이 울렸다.

팽천룡의 기개가 모두를 감동시켰다.

마교는 마신 재림이라는 술수를 통해 갑작스럽게 실력을 끌어올렸지만, 이쪽에는 이를 악물고 노력해 그 실력을 끌어올린 이들이 있었다.

아무리 대문파 대세가의 사람들이라 어릴 때부터 벌모세수를 받고 영초 영단을 먹는다고 해도 뒷받침하는 노력이 없다면 베풀어지는 혜택을 실력으로 발현할 수 없다.

팽천룡은 이 자리에 있는 무림인들이 잠시 잊고 있던, 노력에 대한 자부심을 일깨워 준 것이다.

각자 무기도 배워 온 방식도 다 다르지만 모두가 공유하고 있는 그 감각을.

잠시 뒤, 회의실을 가득 메우던 울림이 멎었다.

모두들 최상급 영단이라도 먹은 것처럼 눈에 총기가 돌

고 기운이 넘쳤다.

남궁혁은 모두를 돌아보곤 대단하다며 헛웃음을 지었다.

'하여간 천룡 녀석. 날 때부터 소가주여서인지 이런 건 참 잘한단 말이야.'

물론 남궁혁도 팽천룡의 눈빛에 매료되어 탁자를 주먹으로 쿵쿵 두드린 사람 중 한 명이었다.

그도 한 가문을 일으킨 소가주지만 날 때부터 몇 천 명의 고수를 거느린 팽가 소가주였던 팽천룡과 비교하기는 어려웠다.

남궁혁의 지도력은 팽천룡과 전혀 다른 방식이었다. 그의 방식은 시간이 좀 필요했다.

북동 지부의 일은 좀 예외였다. 그때는 옆에 팽천룡이 없었으니 말이다.

"팽 소협의 말은 너무 무모합니다."

팽천룡의 말에 무인으로서 매력을 느낀 건 느낀 거고, 반대는 반대다.

남궁혁은 그의 주장에 반대했다.

순식간에 모두의 시선이 쏟아졌다.

맨 처음 등장했을 때의 놀라움과 환영, 남궁장인가에 대해 물어볼 때의 동정, 마교 교주와 소교주가 힘에 적응하기 위해 시간을 벌었을 거라고 말했을 때의 낙담.

그런 시선들과는 또 달랐다. 하루에 온갖 시선을 겪는 것이 무슨 담금질을 당하는 것 같았다.

그들이 보내는 시선은 적의였다.

팽천룡의 말에 잔뜩 기세가 올랐으니, 그 말이 무모하다고 말한 남궁혁에게 반감을 가지는 건 당연한 일이다.

남궁혁은 개의치 않았다.

"무모하지만 다른 방법이 없다. 아니면 무슨 방법이 있나?"

팽천룡도 남궁혁의 반대에 개의치 않았다.

그들은 그런 친구 사이였다.

그리고 팽천룡은 남궁혁이 남다르다는 것을 누구보다 잘 알고 있었다.

무모하다는 건 팽천룡도 알고 있고 남궁혁도 알고 있다.

다른 방법이 없는 상황이라는 것도 알고 있다.

그럼에도 반대를 입에 담는다는 건 뭔가 생각이 있다는 말이나 진배없었다.

"어디까지나 가능성, 추측이야."

"추측이라도 좋아. 말해 봐라."

팽천룡이 채근했다.

회의실의 분위기는 이미 두 사람이 꽉 붙잡고 있었다.

두 사람만 있는 것처럼 편히, 그러나 긴장감 있게 대화를 해도 아무도 지적하는 이가 없었다.

"마교 교주와 소교주의 실력이 어떨지 우리는 모릅니다. 하지만 하나 확실한 건, 다른 마인들은 마신 재림의 효과를 톡톡히 보고 있다는 거죠. 마신만 아니라면 우리는 마교 교주와 소교주를 두려워할 필요도, 마인과 흑마적을 걱정할 필요도 없었을 겁니다."

남궁혁은 한 번 말을 끊고 깊게 심호흡 했다. 그리고 다시 말을 이었다.

"제가 생각하는 방법은 간단합니다. 마신을 제거하는 겁니다."

모두의 입이 벌어졌다.

놀란 사람도 있었고, 어처구니가 없다는 얼굴을 한 자도 있었다.

남궁혁은 방금 전 팽천룡의 말을 무모하다고 평했다.

보다 나은, 간단한 제안을 하겠다고 입을 열었다. 그래 놓고 뱉은 말이라는 것이, 마신을 제거하는 것이라니.

"……병기당주. 한 번에 이해가 안 갑니다. 상세히 설명해 주셨으면 합니다만."

회의를 주재하고 있던 화산의 장문인도 그 온화한 얼굴에 당황을 지우지 못한 채 남궁혁에게 추가 설명을 요청했다.

남궁혁은 주변을 돌아보았다. 놀란 얼굴, 어처구니가 없다는 얼굴, 아리송한 얼굴들이 눈에 들어왔다.

놀라거나 어이 없어하는 쪽까진 이해가 갔다.

아리송할 건 또 뭐란 말인가.

남궁혁이 말한 건 정말 간단하고 단순했다.

마신을 제거한다. 이 간단한 말도 이해 못할 사람들이 지금까지 최전선을 이끌어 왔다니.

어떤 의미로는 참 대단하다 싶었다. 오롯이 무(武)만 생각해 왔던 사람들이라 그런 걸까.

남궁혁은 민도영과 제갈화영이 그리워졌다.

남궁혁이 한 마디만 하면 척척 알아듣던 사람들 말이다.

무림맹 총군사인 제갈민도 그리웠다.

그의 사람들처럼 마음이 딱딱 맞진 않았지만 남궁혁이 한 마디를 하면 아직 말하지 않은 열 마디를 이해하곤 빙긋 웃던 분인데.

하지만 그들이 없으니 남궁혁이 직접 설명해야 했다.

"문자 그대로입니다. 지금 마교의 전력은 오롯이 마신에게서 오고 있습니다. 평생 무공 수련 한 번 안 해 본 자들이 절정 급의 마기를 흩뿌리고, 마교 교주와 소교주의 실력은 현경을 넘어설지도 모르는 상황. 이 모든 상황은 다 마신 때문에 생긴 겁니다."

남궁혁은 그렇게 말하며 회의석상에 앉아 있는 절대 고수들의 면면을 바라보았다.

소문으로만 듣던 전설의 실력자들.

상에 앉은 이들 중 화경을 이룩하지 못한 자가 없다.

현경에 다다른 자가 반 수 이상이다. 그야말로 엄청난 무력이다.

"마교 교주와 소교주가 우리가 상상하는 것만큼 초월적인 무력을 지닌 존재이나, 여기 계신 정파 무림의 동도들께서 이를 악물고 상대해 그들을 이겼다고 쳐 보겠습니다. 그 뒤에 그들보다 더 뛰어난 자들이 마신의 힘을 받아 등장할 가능성이 과연 없을까요?"

누구도 감히 말하지 못했다. 잠깐의 침묵이 지나갔다. 남궁혁은 다시 말을 이어 나갔다.

"그렇게만 생각하면 너무 절망적이니까 조금은 낙관적으로 얘기해 보겠습니다. 그래도 마교의 교주와 소교주, 그들을 뛰어넘을 정도로 강력한 적이 등장하지 않을 수도 있어요. 하지만 그들을 꺾었을 때 여기 계신 동도들의 상태는 과연 어떨까요? 여러분의 실력을 믿어 의심치 않지만 만약 그들이 우리가 상상하는 만큼의 실력이라면 결코 모두가 무사하지는 못할 겁니다."

반은 죽고 나머지 반은 평생 무공을 쓰지 못하는 몸이 될 수도 있다, 라는 말을 남궁혁은 유하게 돌려 말했다.

아군의 기분을 상하게 해서 좋을 건 없으니까.

"정도 무림 최고 고수들이 타격을 입으면 나머지들을 물리치는 것도 결코 쉽지는 않겠죠. 그쪽은 교주와 소교주가 없어도 여전히 이쪽과 비등하니까요."

팽천룡의 패기 어린 한 마디에 들끓었던 무인의 마음이 찬물을 한껏 뒤집어썼는지 모두의 얼굴이 차갑게 식어 있었다.

하지만 남궁혁의 날카로운 지적은 끝이 아니었다.

"물론 최악은 우리 쪽의 선배님들께서 전부 패했는데도 그들이 멀쩡한 경우겠지요. 사지 중 하나가 잘려 나가거나 하지 않는 이상 놈들은 전력을 다해 싸운 보람도 없이 이튿날이면 힘을 회복할 테니까요."

남궁혁이 정말 최악의 사태까지 입에 담자 모두가 침통한 표정으로 고개를 끄덕였다.

남궁혁의 말이 옳았다.

어느 경우에라도 정도 무림은 불리했다.

교주와 소교주는 중요하지 않았다. 중요한 것은 마신이다.

"그렇다면 마신을 어떻게 없애야 할지 고민해야겠습니다. 병기당주는 이에 대해 아는 정보가 있습니까?"

이제 회의의 주도권은 남궁혁에게 있었다.

팽천룡도 별로 이의는 없어 보였다.

남궁혁의 말은 제 한 몸 초개같이 던질 각오가 되어 있던 팽천룡의 머리도 식게 만들었다.

지금이 전시만 아니라면 은태림이 옆에서 키득거렸을 만한 상황이었다.

늘 이성적으로 굴던 팽천룡은 가슴을 뜨겁게 불태우고, 늘 다정하게 사람의 마음을 헤아리던 남궁혁이 냉철한 태도를 보였으니까.

은태림은 나중에 이 재밌는 상황을 나태영에게 서신으로 알려 줘야겠다고 생각했다.

물론 모든 일이 무사히 끝난다면 말이다.

"여기 계신 몇몇 분들은 주 소저가 맹에 왔을 때를 기억하실 겁니다."

오고 가는 갑론을박에 정신이 팔려 있던 몇몇이 남궁혁의 말에 고개를 들었다.

주아흔이 맹에 와서 마교와 마신, 그리고 제단에 대한 설명을 했을 때 자리에 있던 사람들이었다.

그들 중 한 사람이 입을 열었다.

"기억하고 있습니다, 병기당주. 그때 천마신녀는 이 사태를 해결하기 위해서는 마신을 없애는 것밖에 없다고 했었지요. 하지만 그녀의 말처럼 제단을 파괴해도 마신이 마인들에게 내리는 힘은 사라지지 않았습니다. 때문에 천마신녀가 그간 우리를 우롱한 게 아닐까 의심했었습니다."

"주 소저가 틀렸을 수도 있고, 주 소저마저 몰랐던 뭔가가 있을 수도 있죠."

남궁혁이 은근슬쩍 주아흔의 편을 들었다. 남궁혁은 그녀를 믿었다. 그리고 팽천룡을 위해서 그녀를 변호했다.

"그랬을 수도 있겠군요. 어쨌든 그 일 이후로 마신을 제거한다는 생각을 해 보지 못했습니다. 우리가 알고 있던 유일한 방법이 없어졌으니까요. 병기당주께서 말씀하지 않으셨으면 큰 우를 범할 뻔했습니다."

"아주 방법이 없는 건 아닙니다."

화산 장문인이 아는 정보가 없느냐고 물었는데, 뜬금없이 무림맹 수뇌부 회의에 참석했던 이와 대화를 나누던 남궁혁이 이제야 모두가 궁금해 하는 얘기를 꺼냈다.

"마신은 마신검이라 불리는 검에 깃들어 있습니다. 주 소저에게 얘기를 들어 보니 마치 사파의 사술 같더군요. 강시나 시체에 사람의 혼을 깃들게 하는 것처럼 마신을 검에 깃들게 하는 거라고 합니다. 말하고 생각할 수 있다고 하더군요. 그걸 파괴한다면 마신은 이 세상에 개입할 수 없게 됩니다. 마인들은 마신 재림 이전의 실력으로 돌아갈 것이고, 그렇다면 이 전쟁은 반드시 우리의 승리로 끝날 겁니다."

승리.

남궁혁이 입에 담은 달콤한 말에 모두가 입맛을 다셨다.

다들 승리에 목말라 하고 있었다.

이 자리에 있는 자들은 대부분 패배가 익숙지 않은 자들
이니까.

고수들 간에도 당연히 승패라는 것이 있고 한 번도 져 본
적 없는 사람은 없다.

하지만 무림맹 수뇌부 회의에 들어올 정도의 사람이라면
평생의 싸움 중 칠 할 이상은 승리를 거둔 이들이다.

그런 그들에게 남궁혁이 승리를 언급했다.

팽천룡의 기개와는 전혀 다른 느낌의 불길이 그들의 마
음속에 잔잔히 번져 나갔다.

"그렇다면 마신검이 어디 있는지를 알아내는 것이 순서
겠습니다. 은 소협, 맡아 주겠습니까?"

"당연한 말씀입니다. 반드시 찾아내겠습니다!"

은태림이 시원스럽게 답했다. 평소처럼 가볍지만은 않았
다. 그의 목소리에도 책임감이 실려 있었다.

화산의 장문인은 그런 은태림과 팽천룡, 그리고 남궁혁
을 흐뭇한 얼굴로 돌아보았다.

이번 정마대전은 계속해서 암담한 일들의 연속이었다.

하지만 그 덕분에 이처럼 뛰어난 기재들이 주머니 속 송

곳처럼 튀어나와 존재감을 자랑했다.

앞으로의 무림을 생각하면 이보다 홍복은 없었다.

저들이 있는 한 정도 무림은 그리 허망하게 패하지 않으리라.

"허면 오늘 회의는 이만 해산하겠소."

장문인이 회의가 끝났음을 선포하자 사람들은 각자 흩어졌다.

오늘 나온 얘기에 맞춰 따로 회의를 진행하려는 사람들도 있었고, 서둘러 자신의 임무를 다하러 돌아가는 사람도 있었다.

팽천룡은 후자였다. 빠르게 발을 옮기는 그의 앞을 남궁혁이 가로막았다.

"천룡. 나 물어볼 게 있는데 잠깐 시간 좀 내줘."

"알았다."

언제 전황이 급변할지 모르는 상황이었지만 다른 이도 아니고 남궁혁의 요청이었다.

지난번 무림맹에서 잠깐 만난 이후로 오랜만이기도 했다.

하지만 팽천룡은 이런 상황에 남궁혁이 단순히 회포나 풀자고 자기를 부를 거라고 생각진 않았다.

두 사람은 회의장에서 약간 떨어진 으슥한 곳으로 갔다.

"물어보려는 것이 뭐지?"

"너 혹시…… 검 다룰 줄 알아?"

"검?"

뜬금없는 질문이었지만 남궁혁의 태도는 진지했다. 팽천룡은 잠시 생각하다가 입을 열었다.

"네가 말하는 다룰 줄 안다의 정도를 모르겠군. 일단 쓸 줄은 안다. 팽가에 도법만 있는 것은 아니니까."

"실력은 어느 정도? 도법하고 비교하면 얼마나 떨어져?"

"너와 싸워서 밀리진 않을 거다."

광오한 자신감이었지만 남궁혁의 자존심이 상하진 않았다.

처음 만났을 때부터 자신보다 한없이 뻗어 갈 녀석인 걸 알고 있었으니까.

"알았어. 이만 가 봐."

뜬금없이 시간을 내 달라고 하더니 갑자기 검을 쓸 줄 아느냐고 묻는 남궁혁의 저의가 궁금했지만, 팽천룡은 선선히 자리를 떴다.

어차피 물어봤자 헛수고라는 것을 팽천룡은 알았다.

그에게 말해도 되는 얘기면 당연히 설명을 해 줬을 것이다.

하지만 별다른 말도 없이 축객을 한 걸 보니 그에게도 말할 수 없는 얘기다.

말하지도 않을 것을 궁금하다는 이유로 캐물을 필요는 없었다.

말할 때가 되면 알아서 얘기해 주겠지. 팽천룡은 그렇게 생각하며 제가 가야 할 길을 갔다.

남궁혁은 벌써 저만치 떠난 팽천룡을 보고 입맛을 다셨다.

저 녀석은 가끔 남궁혁을 너무 잘 아는 듯 행동해서 소름이 돋았다. 게다가 남궁혁을 엄청나게 믿었다.

남궁혁 주변 사람들은 대체로 남궁혁을 믿지만, 팽천룡의 남궁혁에 대한 신뢰는 거의 민도영에 버금갔다.

나태영은 믿음의 종류가 좀 다르니까 예외로 둔다 치고.

그런 녀석을 친구로 두는 건 엄청난 행운이다.

특히나 지금처럼 든든한 사람이 필요할 때는 말이다.

'천룡 녀석으로는 역시 좀 부족한가.'

남궁혁은 팽천룡의 대답을 생각하며 아쉬워했다.

그는 지금 천신이검을 맡길 사람을 찾고 있었다.

아까 마신검을 파괴하자는 안을 제안했을 때는 일부러 천신이검에 대한 말을 꺼내지 않았다.

그는 여전히 공명심에 불타는 사람들이 천신이검을 쥐기 위해 눈에 불을 켜는 상황을 걱정했다.

아까도 팽천룡의 말 한 마디에 순식간에 동화되던 사람

들 아닌가.

지금처럼 상황이 급박할 때는 사람의 심리도 극단적으로 몰리는 법이다.

안 그러던 사람도 욕심에 눈이 멀어 제멋대로 행동할 수 있었다.

물론, 마신검을 없애야 하는 순간이 오면 남궁혁도 천신이검의 정체를 밝힐 수밖에 없다.

천신이검의 주인은 남궁혁이다. 남궁혁에겐 검을 맡길 사람을 고를 자격이 있었다.

다들 반발한다면 자신이 고른 사람이 아니면 천신이검이 말을 안 듣는다고 거짓을 말하면 그만이다.

가급적 믿을 만한 사람을 선별해 두려고 팽천룡에게 얘기를 해 본 것인데, 녀석은 좀 미묘했다.

실력이야 의심할 여지가 없다.

팽천룡은 이번 전선에 선 현경의 무인 중 가장 화려하게 실력을 뽐내었다.

다른 고수들이 일선에서 물러나 있었다면 팽천룡은 한창 성장하는 중인 후기지수.

거칠 것이 없는 그의 도에 수많은 마인들이 도륙 당했다.

그만큼 수많은 아군의 목숨을 구한 건 말할 것도 없었다.

하지만 그의 주력 무기는 도다.

어릴 때부터 검이 아닌 도를 쥐고 자란 무인이 천신이검을 쥔다고 그 실력을 온전히 발휘할 수 있을까?

아무리 검법을 익혔다고는 해도 주력 무기가 아닌 이상 실력에 차이가 날 것이다.

팽천룡의 입으로도 말하지 않았나.

검을 든다면 남궁혁과 싸워서 밀리지는 않을 거라고 말이다.

현경의 무인이 화경의 남궁혁에게 밀리지는 않을 거라고 말한다.

도와 검에 그만큼 차이가 심하다는 뜻이다.

평상시라면 그 정도 다룰 줄 안다는 것도 대단하다고 생각했겠지만 지금은 아니었다.

'아…… 진짜 마땅한 인물이 없네.'

팽천룡만큼이나 믿음직스러운 숙부, 남궁현암은 큰 부상을 입고 화산의 심처에서 치료를 받고 있었다. 단전이 날아갈 뻔했을 정도로 큰 상처였다고.

회복이 오래 걸리는 것은 당연하고, 예전의 무위를 되찾을 때까지 시간이 얼마나 걸릴 지도 모른다.

검의 대가라는 점에서 팽천룡보다 남궁현암에게 더 점수가 갔지만 언제 나을지 모르는 사람을 후보로 두는 것은 위험하다.

나머지 사람은 남궁혁이 잘 모르는 사람들이었다.

풍문으로 듣거나 지남단을 통해 접한 정보는 있었지만 역시 사람은 겪어 봐야 아는 거 아닌가.

아까 팽천룡과 의견을 다툴 때의 반응들을 수집하긴 했지만 아직은 부족했다.

'이럴 땐 내가 현경이고 싶다.'

남궁혁은 푹 한숨을 쉬었다.

그게 마음처럼 쉽게 되는 일이면 좋으련만.

그는 착잡한 기분으로 하늘을 올려다보았다. 북쪽에서 검은 먹구름이 스멀스멀 몰려오고 있었다.

*　　　*　　　*

그 시각, 진령산맥 이북에 있는 한 마을.

원래대로라면 하루가 저물고 가족끼리 안온한 한 때를 보내야 하는 이 마을에는 그런 따뜻한 온기가 흐르는 집을 찾기가 어려웠다.

마인들이 쳐들어와 그들의 집을 전부 빼앗고 내쫓았기 때문이다.

사람들이 빼앗긴 것은 집뿐이 아니었다.

그들은 열 살 이하의 어린아이들은 남녀를 가리지 않고

데려갔으며, 임부는 반드시 잡아갔고, 이외에도 성별과 노소를 가리지 않고 끝없이 사람들을 끌고 갔다.

남은 자들은 마인들을 위해 부역해야 했다.

대장장이들은 마인들의 무기를 손보는 데 차출되어 밤낮없이 일했고 여인들은 식사를 만들어야 했다.

부유한 자라고 해서 예외는 아니었다.

그들은 식솔이 전부 쫓겨난 채 마교의 고위층에게 집을 내주어야 했고, 여인들은 밤 시중을 들어야 했으며 창고는 탈탈 털렸다.

이러한 수탈에도 예외가 있었는데, 바로 마공을 배우고 마교의 교리를 익히기로 한 사람들이었다.

바로 마교의 교인이 되는 것이다.

마인들은 그 전까지는 수탈하고 괴롭혔어도 같은 마인이 된 순간부터는 상대에게 무례하게 대하지 않았다.

다소의 어색함은 있어도 동지로 여겼다.

가족 중 한 명만 마인이 되어도 그 영향이 가족 전체에게 미쳤다.

오히려 마교가 쳐들어오기 전보다 더 풍족하게 살 수 있었다.

마공을 익히는 첫 과정의 고통스러움만 겪고 나면 밭이나 갈던 평범한 농부가 갑자기 절정 급의 무인이 됐다.

이러자 너 나 할 것 없이 마인이 되겠다고 나섰지만, 이제는 흑마적 같은 조무래기가 필요한 시점이 아니었기에 자질을 따졌다.

그래도 마인이 된 수는 제법 많았다.

마인과 그 가족이 된 자들은 마교를 멀리하기는커녕 오히려 기꺼워했고, 한 때 자신들의 이웃이었던 사람들을 핍박하고 재물을 빼앗는 걸 꺼리지 않았다.

한 번도 권력을 가져 보지 못한 자들에게 던져진 엄청난 힘은 그렇게나 중독성이 있었다.

그렇게 마교가 점거한 지역 일대는 진정한 마교의 영역이 되어 가고 있었다.

그 영역의 한가운데.

이 지역 최고 부호가 살던 백 칸짜리 집은 밤인데도 곳곳마다 횃불이 불타고 있었고, 마인들이 긴장 어린 얼굴로 경계를 늦추지 않고 경비를 서고 있었다.

우물 정(井)자 모양의 집 세 채가 포개져 있는 구조의 집 안쪽에서는 간헐적으로 괴로움에 가득 찬 신음 소리가 흘러나오고 있었다.

그 안에는 지금껏 마교의 전선에서 얼굴을 볼 수 없었던 교주와 소교주, 그리고 마뇌와 마영 등의 마교 수뇌부가 자리하고 있었다.

마뇌는 또다시 들려오는 고통스러운 소리에 눈살을 찌푸렸다.

수 겹의 비단으로 문을 막아도 소리는 새어 나갔다.

누가 들으면 안에서 정파의 고수를 고문하고 있는 줄 알 것이다.

하지만 고통 받는 것은 정파의 고수가 아니라 마교의 인물이었고, 마교에서 가장 높은 자리에 앉아 있는 지엄한 자, 교주였다.

교주 마함천은 마뇌의 앞에서 엎드려 신음을 내질렀고 가끔은 거품을 물었다.

눈은 뒤집혔고 흰자에는 핏발이 섰다. 마신의 강대한 힘을 제대로 제어하지 못하고 있다는 증거였다.

"이자는 안 되겠군."

잔잔한 목소리가 마뇌의 귓가를 울렸다.

마뇌는 감히 고개를 들지 못했다.

큰 죄를 지었을 때가 아니라면 교주 앞에서도 고개를 들고 서 있던 그답지 않았다.

바닥만 바라보는 그의 얼굴에는 약간의 두려움과 공포, 그리고 절대자를 향한 복종이 배어 있었다.

"끄억…… 크억…… 컥……."

풀썩, 발악하던 마함천의 몸이 바닥에 툭 떨어졌다.

마영이 서둘러 다가가 코에 손을 댔다. 숨은 쉬고 있었다.

"그리 쉽게 죽지는 않을 것이다. 허나 저렇게 내 힘을 못 다뤄서야…… 쯧쯧. 교주라는 이름이 아깝군."

"마신이시여……."

마뇌는 떨리는 입술로 목소리의 주인을 마신이라 불렀다.

이상한 일이었다.

마신은 마치 동굴 속에서 웅웅 울리는 목소리로 전음처럼 마뇌와 마영에게 말을 건넸었다.

하지만 지금은 완벽한 인간의 목소리를 하고 있었다.

부드럽지만 기품이 느껴지는 청년의 목소리 말이다.

"마뇌여, 고개를 들어라."

마신의 허락에 마뇌가 천천히 고개를 들었다.

그 자리에는 아주 준수한 청년이 앉아 있었다.

웬만한 미녀보다 고운 흑발을 흐드러지게 늘어트리고 검은 비단옷을 온몸에 감은 청년.

표정은 부드럽고 온화한 지배자의 풍모를 갖고 있었지만, 검은 눈동자에는 빛이 없었다.

그의 손에 들린 한 자루의 붉은 검만이 청년의 총기를 모두 빨아들인 듯 요사스럽게 빛나고 있을 뿐이었다.

청년의 이름은 마헌. 마교 교주 마함천의 장자이자 모용

청경을 취해 마신의 제물을 낳게 한 자, 마교의 소교주였다.

"하명하실 일이라도 있으십니까."

마뇌는 마헌과 눈을 마주치지 않으려고 노력하며 공손하게 말했다.

빛을 잃은 마헌의 눈동자는 시선이 스치기만 해도 섬뜩한 기분이 들었다.

게다가 저것은 지금 마헌이 아니다.

그의 이지는 이미 마신에게 사로잡혀 있었다.

마신은 마신검에 머물러 있는 것으로 만족하지 않았다.

그는 교주와 소교주 둘을 시험했고, 자신이 조종할 대상으로 소교주를 골랐다.

교주는 마신의 힘을 감내하지 못했다.

소교주는 젊고 육체가 강건해서인지 마신의 힘을 잘 소화해 냈다.

물론 그도 처음에는 힘들어했지만 말이다.

게다가 마헌의 정신은 주아흔의 탈출 이후 급격하게 망가진 상태였다.

마신은 그것을 더욱 마음에 들어 했다.

마뇌로서도 나쁠 것은 없었다.

마신 재림이 성공했으니 그의 주인은 교주가 아니라 마신이다. 원래부터 그랬다.

오히려 마뇌는 마헌이 부럽기까지 했다.

마신과 완전히 한 몸이 된 거나 마찬가지가 아닌가.

옛 주인이 눈앞에서 괴로워하다가 기절해도 안타까움보다는 짜증이 났다.

옆자리에서 교주를 돌보는 마영도 크게 다르진 않았다.

그래도 마신의 힘을 가장 많이 이어받은 두 사람 중 하나인 것은 분명하니 돌보는 것일 뿐.

교주는 이제 그들에게 중요하지 않았다.

"무림맹의 동태는 어떠한가?"

"지원군이 도착하고 있다는 소식이 들어왔습니다. 후방의 흑마적들의 힘이 다했나 봅니다. 황제의 금위군이 나섰다는 소식도 있습니다."

"흐음. 개미 같은 것들이 발악을 하는구나."

"모든 것이 마신의 뜻대로 될 것입니다. 다만……."

"다만?"

마헌이 고개를 갸웃했다. 마뇌는 주저하다가 입을 열었다.

"지금쯤 무림맹을 한 번 휘저어야 할 필요성이 있습니다. 이보다 단단히 뭉치면 피해가 더 커질 겁니다. 교주나 소교주께서 한 번 나서 주셨으면 합니다."

"호오, 내가 직접 말이냐?"

마신의 말에 마뇌는 말을 실수했다는 것을 깨닫고 바닥

에 바짝 엎드렸다.

"죄송합니다, 소신이 실수를 저질렀습니다. 마신께서 직접 나서실 만한 전장은 아닙니다. 교주 마함천이면 충분할 것입니다."

마뇌가 자신의 이름을 부르자 마함천이 꿈틀거리며 정신을 차렸다.

마신은 마함천 쪽을 힐끗 바라 보았다.

혈관은 울뚝불뚝 솟아 있고 미세한 혈관들은 몇 번이고 터졌다가 마기에 의해 다시 가라앉았다.

마신은 그를 보다가 손을 한 번 휘저었다.

그러자 마함천의 몸속에 있던 막대한 마기가 순식간에 사라졌다.

마함천은 깊은 숨을 내쉬고 바닥에 또다시 털썩 주저앉았다.

"쓰기 전에 망가지면 안 될 터이니 잠시 마기를 거두었다. 데려가서 네가 원하는 데로 쓰거라."

"기회를 주셔서 감사합니다."

마뇌가 바닥에 바짝 엎드렸다.

마함천도 마찬가지였다.

그렇게 기력이 없는 상태인데도 마신의 눈앞까지 기어와 바닥에 엎드렸다.

그의 이지도 반쯤은 마신의 손아귀에 있는 게 분명했다.

한 때 아비요 교주였던 자가 아들이자 소교주인 이에게 머리를 조아리는 모습은 그야말로 진풍경이었다.

"그나저나, 거긴 어떻게 됐지? 잘 되고 있느냐?"

마뇌는 마신이 말하는 '거기'가 어딘지 잠시 생각해야 했다.

마신이 관심을 두고 물어볼 만한 곳은 단 한 곳뿐이었다.

"예, 남궁장인가는 잘 있습니다. 탈출 시도가 있었지만 잘 막아 냈고, 놈들이 먹고 살 식량도 넉넉히 있는 것 같습니다. 말씀하신 여인도 아직 남궁장인가 내에 있는 것을 확인했습니다."

이상하게도 마신은 섬서 북쪽에 있는 그 세가에 상당한 관심을 기울였다.

처음에 남궁장인가 쪽으로 침입을 시도한 것도 마신의 의지였고, 세가를 점거하려다가 포위만 한 채로 적당히 막아 주고 있는 것도 마신의 의지였다.

무슨 의도가 있는지는 마뇌도 잘 몰랐다.

"그래. 놈들을 잘 살펴야 한다. 한 놈도 빠져나가게 두지 마라. 중요한 제물이 될 테니까 말이다."

마신은 느긋한 웃음을 띠며 다시 자리에 몸을 묻었다.

그가 나른한 얼굴로 눈을 감자 마뇌와 마영, 그리고 마함천은 조심스럽게 자리에서 물러났다.

모두가 사라진 자리에 마신검만이 붉은 기운을 내뿜으며 타오르고 있었다.

*　　　*　　　*

화산에는 무림에 익히 화산이라 알려져 있는 봉우리 외에도 수없이 많은 높고 험준한 봉우리들이 널려 있다.

마뇌는 강한 마인들을 호위로 거느리고 그중 하나에 올라 있었다.

지세가 가팔라 평범한 이는 쉽게 오를 수 없는 곳이었지만, 마신의 힘 덕분에 절정 급의 마력을 내뿜는 마뇌는 이전과는 전혀 다른 사람이었기에 봉우리에 오르고도 힘들어하는 기색이 보이지 않았다.

그의 곁에는 검은 장포를 두른 검은 사내가 있었다.

두른 옷이 검어서가 아니다.

그의 얼굴은 흙빛이다 못해 거무죽죽했고, 눈의 흰자위도 검었으며, 미처 갈무리하지 못한 마기는 붉다 못해 어두워 그의 분위기를 더욱더 검게 만들고 있었다.

그의 이름은 마함천.

마교의 교주였던 사람이다.

그의 후계자이자 소교주였던 마헌이 새로운 교주가 된 것일까?

그건 아니었다.

마함천은 여전히 교주였고, 마신 외에는 그가 무릎 꿇을 상대는 없었다.

공식적으로는.

교주의 위상은 예전과 달랐다. 지금 그의 자리만 봐도 알 수 있었다.

그는 마뇌의 뒤에 마치 호위 무사처럼 시립해 있었다.

예전이었다면 꿈도 못 꿀 일이었다.

예전, 그러니까 마신 재림 이전 말이다.

마신은 모든 교인에게 절대적인 존재였다.

일전에도 힘을 주었던 마신은 검을 통해 현신한 뒤 제각기 도달할 수 있는 자질의 한계까지 그들을 이끌어 주었다.

그저 마공을 익히고 마신에게 귀의한다는 조건만으로도!

그런 마신이 교주가 아닌 마뇌를 총애한다.

이것은 마인들 간의 권력 서열을 한순간에 뒤바꿀 수 있는 일이었다.

마뇌를 호위하고 있는 다른 마인들도 마함천을 교주로 대하기보다는 마뇌가 거느린 무인 중 하나처럼 대했다.

그렇다고 막 대하는 것은 아니었지만, 전처럼 '교주'로

대하는 것이 아님은 분명했다.

'어쩌다 일이 이렇게 되었는가.'

마함천은 치밀어 오르는 구역질을 참아 내며 속으로 중얼거렸다.

제정신을 유지할 수 있는 시간은 별로 없었다.

마신이 불어넣는 힘은 마함천의 육체로 감당할 수 있는 것이 아니었다.

그나마 정신력으로 이를 버텨 내고 있는 것.

지금처럼 힘을 갈무리하는 것 외에 다른 생각을 할 여유는 극히 드물었다.

그런 시간이 될 때마다 마함천은 극도의 허무에 시달렸다.

마교를 따른 모두가 마신 재림으로 득을 봤다.

하지만 자신은 아니었다.

자신의 아들인 마헌 또한 아니었다.

처음에는 자신도 기뻤다. 신이 났다.

몇 대에 걸쳐 내려온 마교 교주로서의 사명을 자신의 대에서 완성한다는 그 기쁨!

그 기쁨이 시야를 가렸다.

갑자기 자신의 몸에 벼락처럼 쏟아져 내린 대하와 같은 힘도 그의 정신을 아득하게 만들었다.

마신은 마함천과 그의 아들을 마인들의 정점에 서게 해 주겠노라 말했다.

무인으로서 기쁘지 않을 수 없었다.

하지만 그 힘은 자신과 아들의 몸을 갉아 먹었다.

소교주인 마헌은 나름 힘을 몸에 갈무리했다고 들었지만, 마함천은 아니었다.

지금도 미처 몸에 갈무리하지 못한 마기가 흉포한 기세로 온몸에 일렁거렸다.

혈도가 터지고 마기에 의해 재생되기를 반복했지만, 마함천은 자신의 몸이 끝을 향해 달려간다는 것을 느꼈다.

아무리 마기라고 해도 한계가 있는 인간의 육체를 회복시키는 데는 제약이 있는 법이니까.

그렇다면 이제 어떻게 해야 할 것인가.

수명이 얼마 남지 않은 이 몸으로 말이다…….

"저기 보이십니까, 교주."

마함천이 생각에 빠져 있는 사이, 마뇌가 손가락으로 먼 곳을 짚으며 그를 불렀다.

마뇌의 태도도 전과는 달랐다. 말투는 공손했지만 예전과 같은 정중함과 경애는 없었다.

주변의 누구도 이 사실을 지적하는 이는 없었다.

이제는 익숙해져야 할 일이었다.

마교에서 힘은 그 무엇보다도 절대적.

마신이 교주인 마함천보다 마뇌의 두뇌를 더 총애하는 이상 뒤바뀐 서열은 받아들여야 할 일이었다.

가슴속에 들끓는 분노는 어쩔 수 없다고 하더라도.

"보인다."

그래도 자존심이 있는지라 마함천은 전처럼 마뇌에게 하대했다.

마뇌는 눈살을 찌푸리면서도 마지막 남은 마함천의 자존심을 지켜 주려는 듯 그에 대해서 별말은 하지 않았다.

"저기가 내일 격전을 벌일 장솝니다. 교주와 소교주의 모습을 드러낸 것이 유효했던 모양입니다. 무림맹에서는 대대적으로 일전을 치를 모양이더군요. 마치 교주를 꺾으면 모든 게 끝이 날 거라고 생각하는 건지."

마뇌는 실소를 흘렸다. 비웃음도 배어 있었다.

마신의 힘을 등에 업은 그에게는 세상 무서울 것이 없었다.

마신이 자신을 총애하고 자신이 준비한 계략에 따라 움직여 준다.

인간을 초월한 강대한 힘의 소유자가 말이다.

그것만큼 책략가를 희열에 빠지게 하는 것은 없으리라.

"그래서 할 말이 무엇이냐. 내가 가서 무림맹 녀석들을 다 베고 오면 되는 것이더냐?"

"그것까진 무리이실 겁니다. 마신께서 그렇게 말씀하시더군요."

마뇌의 시선이 마함천의 몸 곳곳을 훑었다.

그의 몸이 불사가 아니라는 사실을 마신도, 마뇌도 알고 있는 모양이었다.

자신에게는 언급조차 해 주지 않았으면서…….

마함천의 몸이 부들부들 떨렸다.

날 때부터 마교의 소교주였고 반평생을 교주로 살았던 그였다.

마신의 종복이 되는 것은 감수했으나 마신이 쓰다 버리는 도구가 될 거라고 생각해 본 적은 없었다.

"가서 딱 두 사람, 가능하다면 한 명 더해서 세 사람을 처리해 주시면 됩니다."

마뇌는 처리하고 돌아오라 말하지 않았다. 그저 처리하라고만 했다.

그것이 또 부아가 치밀었지만 마함천은 참았다.

자신이 여기서 화를 내 봤자 아무 소용이 없었다.

마뇌의 명은 곧 마신의 명이 아닌가.

자신에게는 지금 당장 마뇌를 한 줌 핏물로 만들 힘이 있었지만 그 또한 마신의 힘이었다.

마신이 아니면 자신은 아무것도 아니었다.

"대체 어떤 자들이지?"

마함천은 마뇌의 얼굴을 바라보며 물었다.

마함천의 힘이 필요할 정도의 대상이라니, 정도 무림에 그만한 자가 있었던가?

마함천이 마신의 힘을 능란하게 조절할 수가 없어서 그렇지 그의 힘은 이 세상 그 어떤 무림인도 대적하지 못했다.

현경의 무인 열이 달려든다고 해도 이길 자신이 있었다.

조절만 가능하다면 말이다.

자신을 파괴하지 않으면서 힘을 발휘할 수 있는 시간은 고작 반 각.

반 각이 지나면 그 흉포한 파괴력은 적뿐이 아닌 자신에게도 향했다.

그런 힘이다. 그런 힘으로 고작 둘을 해치워 달라는 마뇌의 요청이 이상하게 들리지 않을 수 없었다.

그의 힘에 대해서 마신 다음으로 잘 아는 이가 마뇌였다.

마함천이 힘을 조절하기 위해 애쓰는 모습을 봐 왔으니까.

마함천이 직접 나서서 반드시 해치워야 할 두 사람.

그게 누구일까.

마함천은 마교 교주로서 무림맹에 대해 알고 있던 정보들을 하나씩 떠올려 보았다.

주로 그의 머릿속에 떠오른 것은 과거 무림을 휩쓸었던 전대 고수들이었다.

전부 현경의 무인이며, 어쩌면 그 이상을 이룩했을지도 모르는 자들.

지금도 마교와의 전선에서 마인들을 도륙하고 있는 자들이었다.

그들 중 가장 강하다 알려진 두 사람을 베면 마교에 충분한 승산이 있었다.

하지만 마뇌의 입에서 나온 이름은 전혀 예상치 않은 이름이었다.

"하북팽가의 소가주 팽천룡과 남궁장인가의 소가주 남궁혁을 제거해 주시면 됩니다."

"뭐라?"

너무 어처구니가 없어서 순간 되물은 마함천은 잠시간 말이 나오지 않았다.

마함천이 떠올린 제거 대상 중 그들은 말미에도 들어 있지 않았다.

가주도 아니고 소가주들이라니. 마함천이 혀를 찼다.

"팽천룡은 그래도 이해하겠다. 그자는 어린 나이에 현경의 경지를 이룩한 괴물이니 꺾어 둘 필요성이 있지."

마함천이 불만스럽게 미간을 좁혔다.

같은 소가주지만 팽천룡이라면 나설 만했다.

팽천룡의 엄청난 성장은 마교 내에서도 화제였다.

마신의 힘을 통해 단숨에 경지를 이룩한 이들이었기에 그들은 오히려 팽천룡에 대해 적의 어린 존경심을 보냈다.

자신들은 감히 하지 못한 노력과 뼈를 깎는 수련을 거쳐 낸 진짜배기에 대한 두려움이 있는 것이다.

그리고 그 진짜배기는 실력으로도 차이가 났다.

아무리 마신의 힘 덕분에 같은 경지에 올랐다고는 하나 경지에 오르기 위해 거친 노력과 시간을 무시할 수는 없는 법이니까.

아니면 진짜배기에 대한 열등감이 가져온 심리적인 차이 거나.

그라면 제거의 이유가 이해가 갔다.

전심전력으로 부딪치는 전장에서 갑작스럽게 성장하는 기재는 무림의 역사상 드문 일이 아니었다.

팽천룡이 현경의 경지에 발돋움을 한 지 얼마 되지 않았지만, 더욱 나아갈지는 아무도 모르는 일이었다.

그런 기재를 꺾는 일이라면 납득이 갔다.

"하지만 남궁혁이라니. 그자를 제거하는 데 내가 나서야 할 정도인가?"

마함천이 남궁혁에 대해서 알고 있는 사실은 꽤 많았다.

남궁혁이 마교의 행사를 방해한 일이 워낙 많았으니까.

그는 남궁세가의 방계 중에서도 한미한 대장장이 집안에서 태어났고, 놀랄 만한 성취를 보이긴 했지만 그뿐이었다.

그만한 기재는 남궁혁 말고도 있었다.

게다가 그는 화경의 성취 이후 이렇다 할 성장을 보이지 못했다.

대장장이로서의 실력은 누구도 따라올 자가 없었지만 마함천은 그에 대해 별로 관심이 없었다.

마신검을 만들 수 있는 대장장이라는 사실 외에는 사사건건 마교를 방해한 존재 정도가 제거의 이유일까?

하지만 굳이 남궁혁을 잡기 위해 마함천이 나서는 건 닭 잡는 데 용 잡는 칼을 꺼내는 격이었다.

마뇌는 마함천의 반응을 예상했다는 듯 피식 웃었다. 그리고 말을 덧붙였다.

"만약 가능하다면 매화전장의 은태림까지 제거해 주시면 좋을 것 같군요. 그자는 남궁혁보다 실력이 보잘것없어 교주가 상대하는 무림인들 사이에 낄 수는 있을까 의문이긴 합니다만."

"갈수록 이해할 수 없는 말이군. 그자들을 제거하는 게 자네 뜻인가 아니면 마신의 명이신가?"

"마신께서는 그들에 대해 별다른 말씀은 하지 않으셨습니다. 그저 사성에 대해 말을 꺼내셨을 뿐이지요."

"사성에 대해서?"

마함천도 그 옛날 무림맹을 만들어 낸 네 명의 신성에 대해 알고 있었다.

혜성처럼 나타난 청년 무인들이 정도 무림을 구원한 일 말이다.

무림에서는 종종 인세의 법칙으로는 이해할 수 없는 신비스러운 일들이 벌어지곤 했다.

그중 하나가 바로 이것이었다.

젊디젊은 신예들이 위기를 맞아 엄청난 힘을 발휘하면서, 중견 고수들도 해내지 못하는 일들을 해내는 것이다.

무림의 상식으로는 특히나 더 말이 안 되는 얘기였다.

일반인이라면 나이가 들수록 기력도 쇠하고 머리 회전도 전보다 느려진다.

하지만 무림인은 다르다.

청년기보다 육체가 조금 노쇠할지라도 일반인의 젊음과는 비교할 수준이 아니며, 그들이 시간을 들여 쌓은 내공과 사고의 깊이는 감히 청년들이 따라잡을 수 없었다.

그런 고수들도 해결하지 못한 일을 청년들이 해낸다.

그야말로 기이한 일이 아닐 수 없었다.

그리고 마뇌는 지금, 남궁혁과 팽천룡, 그리고 은태림 등의 친구들이 지금 정도 무림에 나타난 새로운 신성인 것 같다는 말을 꺼낸 것이다.

"그자들이 그만한 영향력을 미치던가? 제아무리 잘나 봤자 각 가문의 소가주들이네. 팽천룡도 아직 한참 젊지. 무림맹의 늙은이들이 그 어린 것들의 말을 듣겠나? 기껏해야 젊은 후기지수들의 중심이나 될 뿐일 텐데."

마뇌의 생각에 대한 마함천의 의견은 회의적이었다.

그의 일생을 바탕 삼아 한 말이었다.

젊은이가 나이 든 이보다 발언권이 강한 경우는 거의 없었다.

"그것이 참 놀랍게도 말입니다, 듣더군요."

"뭐라?"

"교주께서 마신의 힘을 다루시는 동안 이 마뇌가 놀고 있었으리라 생각하십니까? 무림맹 수뇌부 회의는 그 신분이 증명된 자들만 들어갈 수 있으니 발을 들이기 쉽지 않았지만, 그래도 제법 쏠쏠한 정보를 빼올 수 있었지요."

마뇌는 멀리서 불어오는 바람의 냄새를 맡으며 봉우리 주변을 산책하듯 걸어 다녔다.

화산의 공기는 맑디맑았다. 자연의 정기가 모인 곳곳에

서 피어오르는 지기는 청량했다.

조만간 이 모든 것이 피와 살육에 젖어 진정한 마교의 터전이 되리라.

"그 둘이 수뇌부 회의에서 설전을 벌였답니다. 두 사람의 주장에 그 난다 긴다 하는 정도 무림의 고수들이 이리저리 휘둘리고 기를 못 폈다지요. 그 두 사람이 친구가 아니었다면 파가 갈렸을 겁니다. 그랬다면 우리에게는 참 좋은 일이었겠습니다만."

"……그 깐깐한 노구들이 말인가?"

"그렇습니다. 이제 왜 제가 그들을 경계하고 제거하고자 하는지 이해가 좀 가십니까?"

마함천은 그제야 마뇌의 심중을 이해했다.

신성이란 단순히 개인의 무력만 대단한 것이 아니다.

그들은 별이다.

방향을 정하고 날아가는 혜성이다.

달도 없이 어두운 밤, 눈앞의 돌부리조차 보이지 않는 그 어둠 속을 걸어가는 모두의 시선을 잡아끄는 길잡이다.

그들은 사람들을 이끌고 그들에게 닥친 난관을 헤쳐 나갈 것이다.

"놈들을 제거하지 않으면 앞으로의 일에 큰 화가 닥칠 것입니다. 지금까지도 보십시오. 교주께서 하찮다고 생각하는 그 남궁혁 한 놈 때문에 교가 얼마나 고생을 겪었는지."

마뇌의 말에 마함천은 말을 잃었다.

그랬다. 그를 우습게 봐서는 안 되었다.

아직 남은 의심의 싹을 아예 잘라 버리려는 듯, 마뇌가 말을 덧붙였다.

"저는 별을 볼 줄 압니다."

마뇌는 먼 하늘을 바라보았다.

어둠이 걷히고 새벽녘의 여명이 밝아 오는 희뿌연 하늘에 새벽별 몇 개가 반짝였다.

"지금까지도 몇 개 봐 왔지요. 교주께서도 별이셨습니다. 지금 신세가 어찌 되었건 교주께서는 전대 교주님의 제자였던 쟁쟁한 후보들을 물리치고 소교주 자리를 쟁취하지 않으셨습니까. 그때 교주를 지지했던 장로들을 떠올려 보십시오. 마신 재림이라는 백년대계를 성취하고 기필코 마교 천하를 이루겠다는 그 꿈! 그 꿈에 소년처럼 설레어 했던 분들을 말입니다. 그때 교주께서는 별이셨습니다. 저 또한 그런 교주의 빛에 홀려 교주의 뒤를 따랐지요."

감언이설이다. 마함천은 마뇌의 말을 듣되 흘려들으려 했다.

시절 좋을 때의 얘기를 지금 꺼내서 무엇 하는가.

마함천은 마교에서 가장 강력한 힘을 가진 마인이었지만

이제 곧 스러질 모래성과 같은 이였다.

"교주께 그들의 제거를 부탁드리는 것은 제가 그때를 잊지 못하기 때문입니다. 훗날 쓰일 마교의 역사에 신성을 벤 이로 교주의 이름이 올라가면 교주께도 보람된 일이 아니겠습니까."

마뇌는 그런 모래성에 이름을 붙였다.

마인으로서 가장 영예로운 죽음이라는 이름 말이다.

순간 마함천의 마음이 흔들렸다.

그랬다. 그는 마교 교주로서 정말 위대한 일을 해냈다.

교주로서 자기의 권위는 떨어졌지만 후세는 결코 그렇게 기억하지 않을 것이다.

눈앞의 마뇌가 아무리 대단하다고 한들, 마신 재림을 이룩한 세대의 교주는 마함천 자신이다. 그는 그렇게 길이 남으리라.

마교 천하를 방해하는 마지막 걸림돌인 정파의 신성들을 제거하는 것 또한 마교 역사에 남길 그의 발자취에 방점을 찍는 일이 될 것이다.

"……내가 잠시 그대의 충정을 의심했군."

마함천은 처음으로 미소를 지어 보였다.

마뇌 또한 경애 어린 웃음으로 화답했다.

마치 그들은 마신 재림 이전, 그 누구보다 충성스러웠던 총군사와 중원에 대한 야망으로 들끓었던 야심찬 교주의 모습으로 돌아간 것 같았다.

"그런데, 자네가 본 정파의 별은 셋인가?"

한결 유쾌해진 얼굴로 마함천이 물었다.

"예, 그렇습니다. 매화전장 후계자 은태림의 경우, 남궁혁과 팽천룡이라는 신성들에게 가려져 있지만 그 또한 상당한 기재. 만약 그 둘에게 무슨 문제가 생길 경우 은태림이 정파를 이끄는 기둥으로 성장할 거라고 보입니다."

"아니. 내 말은 그런 게 아닐세. 왜 세 명이냐는 말이네."

"무슨 말씀이신지……?"

마뇌가 되물었다.

마함천은 빙긋 웃었다. 자신이 아는 것을 마뇌가 모르다니.

그것 또한 마함천의 기쁨에 일조하고 있었다.

마뇌가 아무리 마신의 총애를 받는다고 해도 교주로서 대국을 이끌어 온 자신만은 못하는 것이다.

"정파 무림맹을 만든 신성은 총 네 명이었네. 세 명의 남자와 한 명의 여인. 그렇게 치자면 지금의 정파 무림에도 네 명의 신성이 있어야 할 거 아닌가."

"그도 그렇군요."

마뇌는 미처 생각지 못했다는 듯 웃었다.

"여인이라…… 사성 중 한 자리를 꼭 여인이 채워야 할 필요는 없겠지만 굳이 세어 본다면 남궁세가의 남궁옥 정도가 있지 않겠습니까? 지략으로 치자면 제갈세가의 제갈화영도 괜찮은 후보지요. 허나 남궁옥은 그 그릇이 한 가문까지는 이끌 수 있을지언정 정파 무림을 이끌 그릇은 아니고, 제갈화영도 지략이 뛰어난 계집이나 정파 노인네들을 흔들 수 있는 수준은 아닙니다. 계집들이 하는 일이 다 그렇지 않겠습니까. 아마 그 옛날 사성도 구색 맞추기로 껴 넣었을 겁니다. 아무리 옛 이야기라지만 사내들만 있으면 칙칙하지 않습니까."

마뇌는 가벼운 농처럼 마함천의 말을 받아쳤다.

마함천도 마뇌의 말에 껄껄 웃었다.

이렇게 웃고 있자니 다시 몸에 힘이 솟아나는 기분이었다.

마음 상태가 지금만 같아서는 무지막지한 마신의 힘도 일각은 버텨 낼 수 있을 것 같았다.

"하긴 어차피 그 계집들은 섬서 북쪽에 갇혀 있다고 하던가? 마신의 뜻이라고 들었는데."

"그렇습니다. 뭔가 생각이 있으시겠지요. 그분의 심계를 제가 어찌 알겠습니까."

"그분께서 무엇을 생각하시든 다 교의 영광과 미래를 위해서이리라."

마함천이 그렇게 말하자 마뇌가 그의 앞에 무릎을 꿇었다.

"역시 교주께서는 다르십니다. 그분의 마음을 헤아리고 계시는군요."

"아니다. 나 또한 한낱 교인에 불과한 것을. 이때까지 그분의 마음을 감히 살피지 못했다. 하지만 이제는 알 것 같구나. 내가 지금 이 순간 교의 교주인 것이 말이다."

마뇌는 슬쩍 고개를 들어 마함천의 얼굴을 살폈다.

마함천은 드디어 결심이 선 것처럼 보였다.

교의 미래를 위해서 자신의 목숨을 초개같이 버릴 결심 말이다.

마교 천하에 길이 남을 영광된 교주의 이름, 그것을 위해서.

"나는 이만 내려가겠다. 마신께 다시 한 번 힘을 청해 정파의 신성들을 물리쳐야지."

"속하는 여기서 좀 더 있다 가겠습니다. 전장이 될 곳을 좀 더 살펴보고 싶습니다."

"그렇게 하도록 하여라."

"호위는 필요 없으십니까?"

마뇌는 천천히 자리에서 일어나 물었다.

마함천은 마뇌의 질문에 대답조차 안하고 깎아지른 절벽

아래로 몸을 던졌다.

그러곤 바람에 떠다니는 나뭇잎 몇 개를 밟고는 신형을 날리며 마교가 본진으로 삼은 마을 쪽으로 사라졌다.

마함천의 몸이 망가질까 마신이 힘을 상당히 빼 두었는데도 엄청난 공력이었다.

괜히 여태껏 마교의 교주 자리를 반석처럼 지켜 온 이가 아닌 것이다.

그가 완전히 시야에서 사라지고, 제아무리 교주라지만 청력으로는 자신의 말을 들을 수 없는 것이 확실해지자 마뇌가 소태 씹은 얼굴로 혼잣말을 내뱉었다.

"생각해 왔던 것보다 훨씬 더 멍청하군. 하찮은 공명심 따위에 들떠하는 자를 교주로 모시고 있었다니. 마신께서 저자에 대해 얼마나 실망하셨을지 짐작만 해도 가슴이 아프구나."

지금까지 마함천에게 했던 마뇌의 말들은 오로지 그의 기분을 맞춰 주기 위함이었다.

칭찬과 그럴싸한 구색 맞추기는 별로 힘든 일도 아니었다.

마뇌가 평생 동안 교주를 대하면서 해 왔던 일이 바로 그것이었으니까.

곧 죽을 자다.

가는 길에 노잣돈 입에 물려 주는 것처럼 마교 천하의 역사니 길이 남을 마함천의 이름이니 하는 것들을 던져 준 것이다.

죽으면 연기처럼 사라질 것에 희희낙락하며 목숨을 바치겠다고 결심한 자가 교주 자리에 있었다니.

그간 마교가 백 년이나 화염산에 갇혀 살았던 이유를 알 것 같았다.

"이제 마뇌께서 마신의 기쁨이 되실 게 아닙니까. 마신께서도 이미 저자는 신경 쓰지 않을 것입니다."

마뇌를 호위하고 있던 무사 중 하나가 마함천을 낮춰 보는 언사와 함께 마뇌를 치켜올렸다.

이미 마인들 사이에서는 마뇌가 차기 교주가 될 거라는 소문이 돌고 있었다.

소교주 마헌의 몸은 이미 마신이 차지했다.

그 사실을 아는 것은 마뇌를 비롯해 몇 명의 수뇌부뿐이었지만, 소교주 마헌이며 마함천까지 전선에 제대로 보이질 않으니 마인들이 어떻게 생각할지는 빤한 노릇이었다.

"너도 내가 차기 교주가 될 성싶으냐?"

"물론입니다."

"저 또한 그리 생각합니다."

호위무사들이 하나둘 긍정의 답을 보내오자 마뇌의 입가에 미소가 걸렸다.

하지만 그 미소는 삽시간에 지워졌다.

"그건 알 수 없는 일이다. 마신께서 달리 교주를 세우지 않고 스스로 마인들을 이끄시겠다 하면 나는 그저 이 자리에 만족할 뿐. 모든 것은 마신의 뜻대로 이루어질 것이다."

교주.

평생 바라만 본 그 직위는 보기에 좋은 떡과 같았다.

장식을 잘 해 둔 떡 말이다.

그 안에 든 소가 별것 아니라면 마뇌는 굳이 그 자리를 탐내지 않았다.

어차피 교주라는 상징적인 지위에 앉지 않아도 자신은 지금 교주나 다름없었다.

마신이 직접 마인들을 이끈다고 해도, 마교의 교인들 중 그는 최고의 자리에 있다.

교주 자리는 그저 보다 고운 장식에 불과했다.

"과연 마뇌이십니다. 저희도 마신을 모시는 그 마음을 더욱 본받도록 하겠습니다."

주변의 마인들은 마뇌의 충성심에 감명을 받은 듯 가슴에 주먹을 대고 그의 말을 되새겼다.

자리에 연연하지 않고 그 주인을 따르는 이라니 그 얼마나 아름다운 모습인가.

'모든 것은 마신의 뜻대로…… 대체 무슨 생각을 하고

계신 건지.'

마뇌는 눈앞이 보이지 않을 정도로 빽빽한 연무가 끼기 시작한 계곡 밑을 바라보았다.

마뇌가 함부로 교주 자리를 탐내거나 하지 않는 데는 마신의 뜻을 잘 모른다는 데도 있었다.

함부로 말을 꺼냈다가 그 심기를 거스르기라도 하면 큰일이 날 테니까 말이다.

마교 천하에 뜻을 갖고 계신 건 맞는 것 같았다.

그렇지 않으면 마인들에게 그의 힘을 내려 주지 않았을 테니까 말이다.

하지만 그렇게 적극적이지는 않았다.

처음에는 그간 마신을 위해 여러모로 준비하느라 노고가 많았던 종복들의 마음을 헤아려 주는 줄 알았는데, 마신은 모든 것을 마뇌에게 전적으로 맡겼다.

몇 가지 사안만 제외하고 말이다.

마치 한 번 놀아 보거라, 라는 느낌은 마뇌가 경거망동을 하지 못하게 만들었다.

특히 가끔가다가 마신이 보여 주는 이지를 제압하는 힘…….

그 힘을 생각하면 그저 자신의 행사가 마신의 심기를 거스르지 않길 바랄 뿐이었다.

"내려가자. 슬슬 시작해야지."

마뇌가 먼저 몸을 날렸다. 마함천의 비엽답보까지는 아니어도 꽤나 매끄러운 움직임이었다.

그 뒤를 따라 마인들이 신형을 날렸다.

＊　　　＊　　　＊

새로운 격돌은 아침의 햇살이 새벽녘 내린 이슬을 다 말려 버릴 때쯤 시작되었다.

참모진은 첩보들이 수집한 정보를 통해, 마교가 화산의 절곡 중 하나인 설연곡에서 일전을 치르려고 한다는 사실을 알아차렸다.

설연곡은 계곡의 깊이가 깊고, 폭은 좁은데 길이 길었다.

산세는 험하고 이리저리 돌아다닐 수 있는 샛길도 많아 약초꾼들도 쉬이 길을 잃고, 화산이 제집 앞마당인 화산파의 문도들마저 몇 년에 한 번은 여기서 길을 헤매는 자가 나올 정도니 그야말로 첩첩산중이라는 말이 더없이 어울리는 지형이었다.

마교 교주인 마함천이 마인들을 이끌고 설연곡으로 향하고 있다는 소식이 알려지자 무림맹 또한 분주해졌다.

마함천은 자신의 행보를 딱히 숨기지 않았고, 자신을 발견한 첩보들도 살려 돌려보냈다.

다만 그 앞에서 손짓 하나로 절벽 하나를 무너트리는 위용을 보여 주었음이다.

지금 마함천은 정도 무림을 도발하고 있었다.

자신이 있다면 자신과 정면으로 맞붙어 보자는 도발 말이다.

참모진은 함정이 있을지도 모른다고 염려했다.

너무 대놓고 선전포고를 하는 것이 아닌가.

게다가 설연곡이 무너지면 화산의 뒤로 도는 길을 택할 수 있어 정도 무림은 크게 뒤통수를 맞을 가능성도 존재했다.

허나 응전 외에는 별다른 방도가 없었다.

참모진도 지도를 펴놓고 마교가 펼칠 온갖 암수를 고려해 봤지만 이렇다 할 함정의 여지가 보이지 않았다.

정말 마함천이 정도 무림과 정면으로 맞붙길 원한다는 결론만이 나올 뿐이었다.

긴급회의와 격한 토론이 지나가고, 무림맹도 전력으로 이에 맞부딪치기로 결정을 내렸다.

설연곡의 너비가 좁아 많은 인원이 들어가지 못하므로, 최고위 고수 백여 명만이 출전했다.

나머지는 혹시 모를 함정을 대비하고 후방을 지키기 위해 설연곡 주변 곳곳에 포진하기로 했다.

팽천룡과 남궁혁 또한 최고위 고수 백여 명에 포함되어 있었다.

하지만 그들은 백여 명 중에서도 후미, 마함천보다는 그가 이끄는 마인들이 치고 들어올 계곡의 한 골목에 자리를 잡았다.

팽천룡의 무위야 대단하지만, 그래도 그보다 수십 년을 더 갈고닦은 선배들에게는 아직 미치지 못하니 당연한 일이었다.

그리고 친우로서 서로 합이 잘 맞을 남궁혁이 같이 한 축을 맡기로 한 것이다. 일종의 진법에 따른 배치였다.

그렇다고 그들이 맡은 자리의 중요성이 떨어지는 것은 아니었다. 진법에 맞춰 무인들을 배치한 것이니 한쪽이라도 무너지면 모두가 속수무책으로 당할 수도 있었다.

어느 쪽이나 위험하고 또 중요하긴 매한가지였다.

『무슨 문제없지?』

멀지 않은 곳에서 전음이 들려왔다. 은태림의 전음이었다.

남궁혁과 팽천룡은 근처에서 느껴지는 흐릿한 인기척에 고개를 끄덕였다.

은태림은 정마대전이 발발한 이후, 직접 나서서 검을 쓰기보다는 빠른 발과 남다른 호기심, 방대한 지식을 적극 활용해 첩보 활동에 나섰다.

남궁혁이 말한 '매은각'에 대한 예언이 꽤나 큰 영향을 미쳤다는 사실을 남궁혁은 아직 모르고 있었지만, 그는 정말 뛰어난 성과를 보이고 있었다.

특히 정마대전의 주요 전장이 화산이라는 점은 그에게 아주 유리하게 작용했다.

그는 매화전장의 후계자였으니까. 온 서안이 그의 놀이터였고 화산은 그의 고향이었다.

화산의 험준한 산세를 쉽게 오르기 위해 개발된 매화보는 은태림의 움직임을 더욱 날래게 만들어 주었다.

화산이라는 전장을 위해 태어난 첩보원인 셈이랄까.

그의 활약은 대단해서 웬만한 이들도 쉽게 잠입하지 못하는 마교의 근거지까지도 제법 가까이 접근할 수 있었다.

목숨을 건 일이지만 그렇기에 은태림은 이를 매우 자랑스러워했다.

오늘 마교 교주를 위시한 마인들이 설연곡으로 온다는 정보도 그가 발 빠르게 알아낸 것이었다.

큰일을 해냈으니 쉬어도 되련만, 은태림은 더욱더 정신없이 움직였다.

마함천이 온다는 정보를 전한 즉시 본인 휘하에 꾸려진 첩보 부대인 매은대와 함께 설연곡 주변의 혹시 모를 함정이나 매복을 찾기 위해 떠난 것이다.

매은대는 지금까지 첩보 활동을 하다가 대원들 상당수가 궤멸되어 체계가 흐트러진 정보부대의 대원들을 모아 둔 부대인데, 다들 첩보 활동의 경력이 은태림의 몇 배나 되는데도 은태림을 잘 따랐다.

그의 타고난 직감과 다양한 정보를 취합해 순식간에 결론을 도출하는 통찰력은 평범한 첩보원 그 이상이었으니까.

이 전쟁을 통해 성장하고 있는 것은 비단 남궁혁과 팽천룡뿐이 아니었던 것이다.

『여긴 괜찮아. 아직까진 별 기척 없어. 다른 데는 어때?』

남궁혁이 물었다.

설연곡은 기의 흐름이 독특해서, 계곡 하나만 꺾어지면 타인의 기척을 느끼기가 어려웠다.

말하자면 기습에 최적화된 장소라고나 할까.

이 때문에 함정을 염려하기도 했지만, 은태림이 여유로운 걸 보니 별다른 함정은 없는 모양이었다.

애초에 설연곡은 마교의 근거지보다 무림맹이 자리 잡은 곳에 더 가까웠다.

그러니 준비할 시간도 훨씬 여유가 있었고, 기습을 해도 이쪽이 쓸 수이지 마교가 쓸 수 있는 수는 아니었다.

게다가 화산의 지리에 익숙한 건 무림맹 쪽이다.

최정예들이 모여 있는 전방은 화산파 출신의 고수가 서른이나 포함되었다. 그 때문에 팽천룡과 남궁혁이 뒤에 배치된 것도 있었다.

　화산의 지리에 익숙한 이가 요지마다 한 명씩은 포함되어야 했으니까.

　남궁혁은 화산의 지리를 잘 몰랐지만, 팽천룡은 화산파의 영역이라 출입이 금지되어 있는 곳이 아니라면 웬만큼 지리를 꿰고 있었다.

　어릴 적 은태림과 함께 화산의 곳곳을 쏘다녀 본 덕분이었다.

　남궁혁도 출발하기 전 급하게 화산의 지도를 훑어봤지만 날 때부터 화산의 사람이었던 은태림이나 직접 발로 화산을 돌아본 팽천룡만큼 잘 알지는 못했다.

　『전방은 반 각 내로 격전이 벌어질 거야. 상대 마인은 우리의 절반인 오십 여 명. 그리 많은 숫자는 아니야. 괜히 잔뜩 들어왔다가 우리가 지리를 이용해 함정을 팔까 봐 무서운 모양이야.』

　『그게 아니라면 오십 여 명으로도 이길 자신이 있다는 거겠지.』

　팽천룡의 무거운 음색이 끼어들었다.

　『교주 마함천이 나온다고 들었다. 마인 오십 여 명도 그저 곁들이는 장식에 불과할지 모른다.』

『너무 비관적으로 생각하지 마. 선배님들이 속상해하시겠다.』

은태림이 농을 걸었지만 그의 전음도 역시 딱딱하게 전해져 왔다.

긴장하고 있는 것은 비단 세 사람뿐이 아니었다. 설연곡의 바람과 나무 잎사귀 하나까지도 전혀 다른 공기를 띤 채 긴장에 젖어 있었다.

『그보다 내가 신경 쓰이는 건 다른 거야.』

『뭐 문제가 있어?』

『아직 이렇다 할 움직임은 보이진 않지만, 설연곡 측면부에 뭔가 있는 거 같아. 아군인지 적군인지 모르겠어.』

『직접 가서 확인해 보면 되지 않아?』

『거기까지 갈 여유는 안 돼. 설연곡 주변을 샅샅이 뒤지는 것만으로도 정신이 없어. 아군이면 다행이겠지만 적군이라면…… 설연곡의 아군을 기습하기엔 너무 멀지만 본대의 측면을 칠 수는 있어. 오히려 그게 타격이 클 거야.』

『그쪽에 남은 선배님들도 계시잖아. 너무 걱정하진 말자고.』

남궁혁이 은태림의 불안을 달랬다. 당장 눈앞의 일을 해결하는 데 집중력을 쏟아도 부족했다.

남궁혁의 말처럼 본대에도 사람이 없는 게 아니었다.

화산파의 고수들이 중점적으로 차출되느라 일부 실력자들은 후방에 남았다.

만약을 대비한 수이기도 했다.

누군가 본대를 친다면 그들은 톡톡한 대가를 치르리라.

그때 남궁혁과 팽천룡이 어느 한 곳을 바라보았다.

콰앙―!

엄청난 굉음과 함께 모래 먼지가 북쪽 하늘을 뿌옇게 물들였다.

은태림은 소리가 나자마자 그쪽으로 신형을 날렸는지 인기척이 느껴지지 않았다.

"드디어 시작이군."

팽천룡이 도의 손잡이를 잡으며 말했다.

그의 목소리에는 긴장이 배어 있었다.

팽천룡 또한 마함천의 가늠할 수 없는 무력에 지레 겁을 먹은 것일까?

남궁혁은 자신의 검을 뽑아 쥐고는 팽천룡 쪽을 흘깃 바라보았다.

긴장한 기색이 역력했지만, 두려워 보이지는 않았다.

역시 장래 천하 제일인이 될 남자다웠다.

덕분에 남궁혁의 긴장이 다소 풀렸다. 역시 자신의 친구는 대단한 녀석이었다.

"일전에 검에 대해서 물은 것 말이다. 혹시 내가 알아 둬야 할 게 있다면 지금 말해라."

팽천룡은 시선을 전면, 그러니까 모래 먼지가 피어오르기 시작한 곳에 고정한 채 말했다.

"기억하고 있었네?"

"네가 쓸데없는 일로 날 붙잡진 않았을 테니까. 네가 말하지 않는 이상 물을 필요가 없다고 생각했다만……."

"그래. 마교 교주가 눈앞에 있는 상황이니까 말이지."

남궁혁이 팽천룡의 말을 받았다.

만약 설연곡에서 마함천에게 밀린다면, 그래서 만약 남궁혁이 큰 피해를 보는 상황이 생긴다면 더 이상 어떤 얘기도 할 수 없다.

천신이검의 비밀을 적어도 한 사람에게는 전해 둘 필요성이 있었다.

팽천룡은 천신이검에 대해 과한 욕심을 부리지 않고 정도를 지킬 줄 아는, 남궁혁이 믿을 수 있는 몇 안 되는 사람 중 하나였다.

"잠깐 내 쪽 좀 봐 봐."

남궁혁이 부르자 팽천룡이 고개를 돌렸다. 남궁혁이 들고 있는 검이 그의 눈에 들어왔다.

원래 남궁혁이 쓰던 검은 저것이 아니었다.

원래 쓰던 것은 남궁혁의 허리춤에 얌전히 걸려 있었다. 지금 것의 검갑은 등에 따로 맨 채였다.

쌍검을 쓰는 사람도 아닌데 두 자루를 챙기다니?

이상해 보이는 모습이었지만, 팽천룡은 출발할 때도 별 의문을 갖지 않았었다.

과거 모용세가의 일을 해결할 때 남궁혁이 무기 파괴라는 독특한 기술을 구사했다는 얘기를 이미 들었던 그였다.

이번 전장은 계곡. 어쩌면 산사태를 일으켜야 할지도 모르니 한 자루를 더 챙겼다고 생각했을 뿐이었다.

허나 그냥 부숴 버릴 용도로 챙겼다고 하기엔 척 봐도 범상치 않은 검이었다.

남궁혁이 들고 있어서 더 그렇게 보이는 것일까?

아니었다. 저 검은 필부의 손에 들린다고 해도 천하를 굽어보는 느낌을 받을 것이다.

"그 검이 네가 얼마나 검을 다룰 수 있느냐고 물은 이유인가?"

"맞아. 이름은 천신이검이라고 해."

검의 이름을 들은 팽천룡의 미간이 좁아졌다.

그는 남궁혁이 자신의 대장장이 일에 얼마나 자부심을 갖고 있는지 잘 알고 있었다.

그건 팽천룡이 도에 대해, 그리고 팽가에 대해 가진 자부심만큼이나 대단했다.

어쩌면 그 이상일지도 몰랐다.

자부심만큼이나 남궁혁은 자신이 만들어 낸 것들에 대해 엄격했다.

남궁혁은 웬만한 것에 신(神) 자를 붙이지 않는다.

과거의 자신을 뛰어넘는, 그 누구도 쉬이 만들어 낼 수 없는 그런 것을 만들었을 때만 검에 대한 경애를 담아 그 글자를 붙였다.

그런 남궁혁이 거기에 천(天) 자를 덧붙였다.

천신!

그 이름만으로도 남궁혁이 들고 있는 검의 가치를 짐작할 수 있었다.

그건 남궁혁의 재능을 벗어난 수준의 검이라는 뜻이었다.

어쩌면 인세의 그 누구도 이만한 검을 만들 수는 없으리라는 뜻일지도 몰랐다.

팽천룡은 남궁혁을 향해, 정확히는 천신이검을 좀 더 자세히 보기 위해 한 걸음을 옮겼다.

하지만 그는 한 걸음을 완전히 내딛지 못했다.

오히려 뒤로 몇 발짝이나 빠르게 물러났다.

콰앙―!

팽천룡이 피한 직후, 그 자리를 엄청난 기의 파동이 강타했다.

순식간에 사람 몸 하나는 충분히 묻을 만한 구덩이가 생겨났다.

남궁혁과 팽천룡이 주변을 빠르게 훑었다.

이쪽으로 벌써 누가 온 것일까?

하지만 기의 흐름이 이상하게 꼬여 있는 곳이라 그런지 누구의 기운도 쉽사리 느낄 수가 없었다.

『자리로.』

『알았어.』

팽천룡의 전음에 남궁혁이 자리를 옮겼다.

적이 쳐들어올 경우에 두 사람이 맡기로 한 방위였다.

팽천룡이 고른 두 개의 방위는 계곡 밖에서는 그들의 기운을 느낄 수 없는 방어의 요지기도 했다.

기운을 숨기고 있다가 선공을 빼앗는 것이 그들의 전략이었다.

마교 교주 마함천이 이쪽까지 치고 들어왔을 때 말이다.

상대의 실력이 정말 맹의 사람들이 예상했던 것처럼 어마어마하다면, 선공을 잡는 것 외에 별달리 취할 전략이 없었다.

반대로 마함천의 실력이 그 정도까진 아니더라도 선공을

잡는 건 유리한 결과를 만들 수 있으리라.

한 번 위치를 들켰지만 두 번은 쉽지 않을 것이다.

결론부터 말하자면, 남궁혁과 팽천룡의 시도는 무용지물로 돌아갔다.

그들이 몸을 숨기고 있던, 두 사람의 기운이 느껴지지 않도록 막아 주던 지형지물들이 순식간에 가루가 되어 공중에서 터져 나갔기 때문이다.

누군가 미리 벽력탄이라도 설치해 둔 것인가?!

하지만 벽력탄 특유의, 천둥 치는 것 같은 굉음은 들려오지 않았다.

오히려 조용하고 또한 고요했다.

삼 층 높이의 전각만 한 절벽 하나가 아무 소리 없이 고운 흙이 되어 하늘에서 비산한 것이다.

남궁혁은 침만 꿀꺽 삼켰다.

대체 무슨 일이 벌어진 것인지 알 수가 없었다.

한 번 더 몸을 날렸지만 이번에도 마찬가지였다.

깎아지른 절벽으로 이루어진 계곡은 순식간에 고운 흙더미가 쌓인 평지가 되었다.

팽천룡 역시 당황하는 건 마찬가지였다.

듣도 보도 못한 일들이 그들의 눈앞에서 벌어지고 있었다.

하나 추측할 수 있는 건, 그들에게 결코 좋은 일은 아니라는 것이었다.

"이제 슬슬 무대가 마련되었나?"

마치 유흥이라도 즐기러 나온 것 같은 중년 사내의 목소리와 함께 그가 모습을 드러냈다.

온통 새까만 사내였다. 두른 옷뿐 아니라 얼굴과 눈자위까지 검디검은 자.

몸에 두른 붉은 마기의 기운이 너무 짙어 검게 일렁이는 자.

바로 마교 교주 마함천이었다.

그는 마뇌를 만날 때의 모습과는 조금 달랐다.

그의 머리는 하얗게 새어 있었다. 마신의 힘을 온몸에 받아들인 부작용이었다.

용암처럼 들끓는 마기가 그의 온몸을 흐르고 있었다.

힘을 제어할 수 있는 시간은 고작 반 각.

반 각이 지나면 그는 감히 인간이 담을 수 없는 힘을 몸에 담은 대가로 죽음을 맞이하리라.

하지만 그는 여유롭게 남궁혁과 팽천룡에게 한 걸음 한 걸음 다가갔다.

마함천에게 지금 이 순간은 생애 최고의 순간이었다.

인세 그 누구도 오르지 못할 지고한 경지에 올라, 정파 무림의 별이라는 것들을 꺾고 마교 천하의 초석을 다지며 화(化)하는 자리인 것이다.

그는 그런 시간을 순식간에 끝내 버리고 싶지 않았다.

놈들을 꺾는 것은 찰나로도 충분했다.

하지만 생애 마지막 순간을 더욱 화려하게 장식하고 싶었다.

놈들이 마함천의 실력에 절망감을 느낄수록, 무림맹 놈들이 신성이라며 따르던 놈들이 더욱 처참하게 죽어 갈수록, 마함천의 마지막은 드높은 명예로 장식될 테니 말이다.

"드디어 얼굴을 보게 되는군, 정파의 신성들이여. 내가 바로 그대들이 기다리던 마교의 교주 마함천이네."

남궁혁과 팽천룡은 각자 무기를 쥐고는 잔뜩 그를 경계하고 있었다.

두 사람의 머릿속에선 계속해서 경고성이 들렸다.

이 자리에서 당장 도망치라고, 저것은 '인간'이 상대할 수 있는 것이 아니라고.

하지만 또 다른 본능이 얘기했다.

도망칠 곳은 없다고, 그 어디에도 갈 곳은 없다고 말이다.

마함천이 가볍게 손짓하자, 무너진 절벽의 흙더미가 공중으로 피어올랐다. 엄청난 공력이었다.

흙 알갱이 하나하나를 내력으로 들어 올린 것이다.

삼 층 누각 높이의 절벽이 흙더미가 되어 그들을 짓뭉갠다면?

남궁혁과 팽천룡도 질식과 압박 속에서 살아남지 못할 터였다.

하지만 마함천은 그렇게 쉽게 그들을 보내 줄 생각이 없었다.

그의 손짓이 한 번 더해지자, 흙더미는 둘로 나뉘었다.

남궁혁의 눈이 놀라움으로 가득 찼다.

마함천의 오른쪽에 모여들기 시작한 흙 알갱이, 시커먼 입자는 바로 철이었다. 이는 순식간에 쇳덩어리가 됐고, 또 순식간에 검의 형태가 되었다.

남궁혁은 입을 쩍 벌렸다. 팽천룡도 놀라 입을 다물지 못했다.

모든 자연지물이 그의 의지대로 움직이고 있었다.

이게 과연…… 내공의 힘이라 부를 수 있는 경지긴 한 걸까?

"팽천룡, 그리고 남궁혁. 너희들은 선택받았다."

마함천은 절벽의 흙에서 뽑아낸 자신의 새 검이 마음에 드는지 손에 쥐고 이리저리 둘러보며 말했다.

선택받았다는 말에 비해서 두 사람을 별로 신경 쓰지 않는 분위기였다.

말하자면 무시였다.

하지만 실력의 차이를 감히 잴 수도 없는 이 상황에서 그 무시를 굴욕으로 받아들일 일은 없었다.

"……무엇을 말이지?"

남궁혁이 입을 떼었다.

대화를 해서 주의를 끌어 보려는 요량이었다.

고수들 간에서는 전혀 통용되는 방식이 아니었지만, 남궁혁과 팽천룡은 지금 이 상황에서 고수라 불릴 수 없었다.

가르침을 주겠다고 나선 까마득한 경지의 고수를 눈앞에 둔 어린 시절로 돌아갔을 때의 긴장감이 온몸에 퍼져 나갔다.

하지만 별로 소용은 없었다.

주의를 끌고 말을 거는 것은 빈틈을 찾기 위한 시간을 버는 것.

남궁혁도 팽천룡도 전신의 감각을 이용해 그의 빈틈을 찾아보려고 애를 썼지만, 태평하게 검의 만듦새를 훑어보고 있는 마함천에게선 요만큼의 틈도 느껴지지 않았다.

애초에 틈이라는 것이 없는 완전, 그 자체였다.

마함천은 검에서 시선을 뗐다. 그리고 남궁혁에게로 시선을 옮겼다.

"그쪽이 남궁혁인가 보군. 한 번쯤은 자네를 만나 보고 싶었지. 사사건건 교의 행사를 방해하는 젊은 장인이 누군지 궁금했다네. 죽지 않고 만나게 되어 기쁘군."

남궁혁은 기분이 이상했다.

분명 비꼬는 말 같은데, 마함천은 정말 즐거워 보였다.

하지만 비꼬는 말은 확실했다.

그의 어투에는 '참 잘도 살아남았구나, 죽을 줄 알았는데.'라는 느낌이 배어 있었다.

"쌓아 온 실력이 그리 하찮지는 않아서 말이지."

남궁혁은 마함천이 든 검을 빠르게 훑어보았다.

그저 자연에서 뽑아낸 쇳덩어리로 검의 모양을 만들어 낸 것이다.

허나 그 형태는 남궁혁이 소름이 돋을 정도로 완벽했다.

실수를 하고 각기 개성이 있는 인간으로서는 절대 만들어 낼 수 없는 검이었다.

자연의 법칙과 조화 그 어느 것에서도 벗어나지 않는, 그렇기에 상궤를 깨는 힘을 만들어 낼 수 있는 절대적인 완벽성!

저런 것을 해낼 수 있는 경지란 말인가, 초월경이라는 것은.

남궁혁의 등에 식은땀이 흘렀다.

검의 만듦새만 봐도 그의 경지가 짐작이 갔다.

그는 정말 인간을 초월한 힘을 지닌 것이다.

세상만물 그 자체요, 세상 만물을 발아래 둔 자 말이다.

그 마함천이 남궁혁의 답에 껄껄대며 웃었다.

"자네가 살아 있는 게 온전히 자네의 실력 덕분이라고 생각하나? 아니면 운? 누군가의 아량으로 그 알량한 머리가 목에 붙어 있을 수 있다는 생각은 못 해 봤던가?"

마함천은 남궁혁이 귀엽다는 듯 지그시 바라보았다.

아주 가엽고 불쌍한 존재를 보듯이, 너무 하찮아서 그 자체만으로도 애달파지는 그런 발아래 미천한 것을 보듯이 말이다.

"그래. 바로 마신의 하해와 같이 넓은 아량이 너를 살렸다. 그것도 몇 번이나 말이지."

의외의 말에 남궁혁의 검 끝이 흔들렸다.

그 순간 마함천의 검이 빠른 검풍을 일으켰다.

검풍은 남궁혁의 복부를 강타했다.

막을 새도 없었다.

순식간이었다.

배가 격통당하는 순간에야 마함천의 움직임을 알아차렸다.

본능적으로 복부에 내공을 끌어올렸지만 충격을 온전히 막아 내는 것은 불가능했다.

우당탕—!

남궁혁은 볼썽사나울 정도로 뒤로 내팽개쳐졌다.

"혁아!"

"어허, 경거망동하지 말거라."

남궁혁을 향해 몸을 날리려던 팽천룡에게는 흙더미가 쏟아졌다.

그냥 흙이 아니었다.

마치 가루처럼 미세한 흙 알갱이는 팽천룡의 눈앞에서 엄청난 굉음과 함께 폭발했다.

흙먼지에서는 불길이 일었다.

팽천룡은 그 안에서 미친 듯이 도를 휘둘러야 했다.

그냥 분진의 폭발이 아니었다.

막대한 내공을 담은 폭발이라 한 번 분진이 터질 때마다 팽천룡은 이를 악물고 이를 막아야 했다.

현경의 경지에 오른 이후 한 번도 겪어 본 적 없었던 막막함이었다.

"쿨럭……."

남궁혁의 입에서 검은 피가 토해졌다.

그는 검을 바닥에 꽂으며 자리에서 일어났다.

단 한 번의 타격에 내장이 엉망이 되었다.

온몸의 감각이 비명을 질러 댔다.

극도의 긴장감과 죽음의 위험도 몇 번이나 헤쳐 나갔던 감각들은 마함천의 앞에서 덤덤해질 줄을 몰랐다.

이 정도로 상대가 안 될 줄은 몰랐다. 어린아이의 돌에 맞은 개구리가 된 기분이었다.

"기분이 어떤가? 자네는 지금 그 모습처럼 벌써 죽어 사라졌어야 할 이였다. 자네가 아무리 화경의 경지라고 해도 말이야. 무슨 수를 써서라도 죽일 생각이었지. 허나 마신께서 그대의 목숨을 붙여 두라고 하셨네. 마신검을 만들 영광된 장인으로서 말이야. 하지만 그 영광된 책무는 다른 이가 다하였으니, 네 목을 붙여 둘 필요가 이제는 없구나."

마함천이 한 걸음 한 걸음 다가올 때마다 남궁혁은 뱃속이 떨려 옴을 느꼈다.

벌써 그들 사이엔 수십 번의 싸움이 벌어졌다.

시선으로, 생각으로, 수없이 많은 가능성으로.

마함천이 한 걸음을 내디디면 남궁혁은 한 수를 생각하고 마함천이 눈빛 한 번을 보내면 남궁혁은 그 수를 무른다.

남궁혁이 검 끝을 조금 움직이면 마함천은 한 걸음을 내딛고 남궁혁은 검 끝을 물린다.

검이 닿지 않았을 뿐, 치열한 공방이었다.

이 사이에 다른 자가 있었다면 벌써 그 긴장감에 숨이 막혀 스스로의 목을 졸랐으리라.

저쪽에서는 아직도 팽천룡이 터지는 분진과 싸우고 있었다. 그 기의 파동이 여기까지 느껴졌다.

『천룡. 신호하면, 네 전력을 쏟아 부어.』

남궁혁이 팽천룡에게 전음을 보냈다.

남궁혁의 손에 힘이 가득 들어갔다.

단전의 상태가 썩 좋지는 않았다. 하지만 내력이 흩어지진 않았다.

『뭔가 생각이 있는 거냐?』

거친 폭발음이 몇 번 더 들리고 나서야 팽천룡의 흐트러진 전음이 닿았다. 아직 여력이 있는 것 같았다.

『만약 내가 죽으면 남궁장인가를 부탁할게.』

순간, 남궁혁의 손에 들려 있던 천신이검에서 하늘을 가를 듯한 기세가 뿜어져 나왔다.

〈다음 권에 계속〉